멈추지 않는 도전

Neverending Challenge

〈멈추지 않는 도전〉 초판 출간 기념회에서 사인하고 있는 모습.

NEVER ENDING CHALLENGE

멈추지 않는 도전

박지성 지음

RHK
알에이치코리아

『멈추지 않는 도전』의 박지성 선수가
초등학생 때 쓴

지성이의 일기

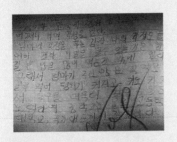

… 만약에 진짜 중학교 못 가면 어쩌나 하며 걱정을 한다.
엄마의 걱정을 푸는 김에 나의 걱정도 풀어야겠다. 이 일을
풀 수 있는 것은 한 길뿐, 밥을 많이 먹는 것밖에 없다. 그래
서 엄마가 주신 양은 꼭 먹고 골고루 먹어 덩치가 커지고
키도 커져서 축구를 더욱 더 잘할 수 있도록 노력하여 중학
교는 물론 고등학교, 대학교, 국가 대표까지 갈 것이다. …

제목: 운동
… 아침 운동 때는 기초 드리블을 하고, 기본기를 거꾸로 하
고 3-1을 하였다. 그리고 전술을 하였는데, …

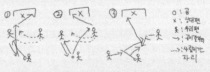

그림 ①을 할 때는 패스를 정확히 주라고 지적받고 ②를
할 때는 역시 패스를 정확히 주라고 지적받았다. ③을 할
때는 패스를 빠르게 주라고 지적받았다. 정신을 못 차린
것 같아서 이젠 바짝 차려야겠다. …

안녕하세요, 박지성입니다.

제 나이 스물여섯. 길지 않은 인생을 살아온 제가 책을 낸다는 것이 왠지 쑥스러워 한참 망설였습니다. 하지만 밤늦게 중계되는 영국 맨체스터 유나이티드의 경기를 빠짐없이 지켜보고 늘 따뜻한 성원을 보내주시는 팬 여러분께 지면으로나마 감사의 마음을 전해드릴 수 있다면 조그만 보답이 될 수 있지 않을까 싶어 어렵게 결정을 내렸습니다.

일본과 네덜란드를 거쳐 잉글랜드 프리미어리그에 오기까지 저는 짧지만 많은 일을 겪었습니다. 때로는 남몰래 절망하며 울기도 했고 때로는 엄청난 환희에 끓어오르는 가슴을 주체하지 못하기도 했습니다.

한동안 그런 기쁨과 슬픔이 저 혼자만의 것인 줄 알았습니다. 그러나 어느 순간 그렇지 않음을 깨달았습니다. 제가 그라운드에 나동그라져 아파할 때나 골네트를 가르고 두 주먹을 불끈 쥘 때 팬 여러분이 항상 함께하고 있었습니다. 행복했습니다.

2002년 한일 월드컵이 시작되기 전까지만 해도 무명 선수였던 저를 응원해 준 팬들부터 밤을 새워가며 맨체스터 유나이티드의 경기를 보는 국민 여러분까지 저에게는 한분 한분이 너무나 소중합니다.

팬들의 따뜻한 성원이 제 등 뒤에 버티고 있지 않다면 그라운드 위에서 뛰고 부딪치며 겪는 모든 일들이 무슨 의미가 있겠습니까.

지금은 사람들에게 주목받는 축구선수입니다. 언젠가는 저도 잊혀진 존재가 될 수 있겠지요. 그런 일이 일어나지 않기를 바라지만 사람의 운명은 알 수 없으니까요.

그렇더라도 저는 지금처럼 살아가겠습니다. 영원히 도전하며 꿈을 이루기 위해 그라운드를 누빌 것입니다. 대단한 스타 플레이어는 아닐지라도 저를 사랑해 주시는 분들을 위해 제 혼신을 불사르겠습니다.

한 걸음 한 걸음 걸어와 오늘에 이르렀듯이 앞으로도 차근차근 나아가겠습니다.

감사합니다.

2006년 3월 1일

박지성

아들에게 보내는 편지 1

지성아, 네가 대한해협을 건너기 전 걱정과 고마움으로 눈물을 흘리며 편지를 쓴 후 처음으로 펜을 잡는구나.

일본으로 건너갈 때만 해도 앞날이 불확실하고 어리기만 했던 네가 지금은 자랑스러운 세계적인 선수가 되었구나. 묵묵히 보이지 않는 노력으로 모든 것을 이룬 네가 자랑스럽기만 하다.

돌아보면 아빠가 남몰래 가슴을 쳤던 일들이 많구나. 형편이 안 돼 좋은 축구화 한번 사주지 못했던 일부터 고등학교 졸업 때까지 그 흔한 청바지 하나 입히지 못하고 운동복 바람으로 외출하게 했던 일까지 아픈 기억으로 남아 있다. 생업을 버리지 못해 일본 J-리그 선수로 낯선 타향에서 어렵게 살아가는 너의 곁에 있어 주지 못한 일, 지금까지 따뜻한 말 한 마디 변변히 못해 준 일도 그렇고….

어려움 속에서도 싫은 내색 한번 없이 훌륭하게 자라 세계 최고 팀에서 뛰고 있는 너에게 고맙다는 말 이외에 할 말이 없다.

변명 같겠지만 어린 시절 못난 부모로 인해 겪은 고생은 어쩌면 너를 더 큰 사람으로 키우기 위한 역경이 아니었을까 스스로 위로해 본다. 고난이 없었다면 어려움을 참고 이겨내는 힘이 길러지지 않았을 수도 있을 테니까.

아빠는 네가 얼마나 힘들었는지 누구보다 잘 알고 있다. 그래서 망설이지 않고 장하다고 말할 수 있는 것이란다.

다 큰 너에게 지금도 아빠는 잔소리를 한다. 가끔은 귀에 거슬리겠지만 이해하거라. 한국의 어린 선수들에게 꿈과 희망을 주려면 네가 해야 할 일이 아직도 많고 너 자신도 더 큰 무엇인가를 이루기 위해서는 가야 할 길이 멀지 않느냐.

그러기 위해서는 성실한 태도, 모범적인 생활을 너의 축구 실력과 더불어 변함없이 팬들에게 보여주어야 한다는 것이 아빠의 생각이다.

나라 안에서나 밖에서나 개인이 아닌 공인이기에 하고 싶어도 못하는 일들이 적지 않을 것이다. 안타깝지만 어쩌겠느냐? 힘들 때는 네 뒤에 있는 팬들을 생각하라.

그럼 부상당하지 않도록 늘 조심하고 건강해라.

2006년 2월 14일

아빠가

어느덧 세월이 흘러 너의 나이가 스물하고도 여섯 해가 되었구나.

늠름하고 씩씩한 아들. 부모 말씀 한번 어기지 않고 건강하게 자란 너의 모습에 엄마는 감사하고 있다.

목표를 향해 끊임없이 노력하고 영광스럽지만 개인적으로는 힘든 삶을 인내하며 먼 타국에서 외롭게 생활하고 있는 너가 항상 안쓰럽구나. 이런 부모 심정을 알고 오히려 위로해 주기에 엄마 마음은 더 아프단다.

초등학교 때 축구를 하고 싶다며, 운동장에서 쓰러져도 좋으니 축구만 시켜달라고 떼쓰던 네 눈빛을 엄마는 아직 잊지 않고 있다. 어린 나이에도 누구도 말리지 못할 독한 각오가 있었기에 숱한 어려움을 이겨내고 지금까지 오지 않았겠나 싶기도 하고….

친구들이 집에 놀러 오면 제일 키가 작았던 아들 모습에 엄마 가슴이 철렁했던 적이 한두 번이 아니었다. 학창 시절 멍이 시퍼렇게 들도록 맞고 들어와 혹시나 엄마 눈에 눈물이 맺힐까봐 친구하고 부딪쳐서 그렇게 되었다며 겸연쩍게 씩 웃던 속 깊은 네 모습이 눈에 선하구나.

아들아, 더도 말고 지금처럼 변함없는 사람이 되길 엄마는 기도하고 있다.

언제나 고마운 마음으로 살아가기 바란다.

높이 올라가기보다 그 자리를 지키는 일이 더욱 어렵다는 말을 가슴에 새기고 지금처럼 한 번 더 생각하고 행동하는 사람이 되려무나.

작은 일에도 감사할 줄 알고 긍정적인 마음가짐으로 행복하고 즐겁게 살아가거라.

우리 아들은 현명하니까 엄마가 길게 잔소리할 필요는 없겠지.

말로 못한 이야기를 편지로 쓰려니 어색하기만 하구나. 일일이 쓰지 않아도 우리 아들은 엄마 마음을 헤아릴 줄 믿는다.

음식 가리지 말고 잘 먹고 건강해라. 대한민국의 아들 박지성 파이팅!

2006년 2월 14일
엄마가

Contents

1장   멈추지 않는 도전

2장 내 안의 나를 깨워라

3장 준비된 자에게 기회는 온다

4장　세계를 향해 질주하라

5장 도전은 계속된다

1장

멈추지 않는 도전

10년 넘게 혹사시켜 상처투성이인 발.
'퍼거슨 감독이 내 발을 필요로 한다 이 말이지.'
밤이 깊도록 발만 올렸다 내렸다 하던 내게 가슴 깊숙한 곳으로부터
작지만 또렷한 목소리가 들려왔다.
'그래 한번 해보는 거야. 어차피 아무것도 없는 곳에서 시작했잖아.
맨유! 그리고 프리미어리그! 좋아, 도전해 보자.'

헤어드라이어
트리트먼트 ————————————

영국 맨체스터 유나이티드로 오기 전 퍼거슨 감독에 대해 내가 가지고 있던 인상은 매우 터프하고 열정적인 지도자라는 것이었다. 그리고 19년 동안이나 잉글랜드 최고의 클럽인 맨유를 이끌고 있는 말 그대로 '거장'이라는 이미지였다.

이 두 가지를 상상 속에서 더해보면 가까이 하기 힘든 사람, 혹은 칭찬이라고는 한 마디도 하지 않을 듯싶은 무서운 얼굴밖에 떠오르지 않았다. 더욱이 나의 입단이 확정된 뒤 주위에서 들려준 퍼거슨 감독과 관련된 이야기는 하나같이 무시무시한 내용뿐이었다.

아들처럼 키운 데이비드 베컴의 정신상태가 마음에 들지 않자 라커룸에서 축구화를 집어던지고 결국 다른 팀으로 쫓아버렸다느니, 때가 되면 피도 눈물도 없이 세대 교체를 단행한다는 등등.

특히 그 유명한 '헤어드라이어 트리트먼트(Hair Dryer Treatment)'를 직접 당할 생각을 하니 모골이 송연했다. 헤어드라이어 트리트먼트란 경기 내용이 마음에 들지 않으면 퍼거슨 감독이 선수 코앞에까지 바싹 다가가 독특한 스코틀랜드 억양으로 야단을 쳐대는데, 어찌나 입김을 세게 내뿜는지 선수 머리카락이 다 날린다고 해서 붙은 이름이었다.

정작 맨유에 와서 겪어본 퍼거슨 감독은 '악명'에 비하면 너무도 세심한 할아버지 같은 분위기였다. 경기나 훈련 내용이 마음에 들지 않거나 훈련시간에 늦는 등 선수들의 정신자세에 문제가 있다 싶으면 악명 높은 성질을 제대로 보여준다. 하지만 평소에는 더없이 자상해 '저 사람이 그렇게 무섭던 사람 맞나' 하는 생각을 한 적이 한두 번이 아니다.

퍼거슨 감독의 세심함은 훈련 때마다 나타났다. 팀 훈련의 대부분은 카를로스 케이로즈 수석코치가 맡아서 진행한다. 이때 퍼거슨 감독은 훈련 도중 선수들에게 다가가 이런저런 말을 걸며 심리 상태나 컨디션을 체크한다. 나에게도 훈련 때마다 자주 말을 건네곤 한다.

"불편한 점은 없나? 알고 싶은 것이 있거나 대화가 필요하다고 생각하면 언제든지 말해라."

내가 팀에 합류한 뒤 퍼거슨 감독은 한동안은 기대 이상으로 자상하게 대해주어 몸둘 바를 모르게 만들기도 했다.

퍼거슨 감독이 항상 선수들의 불편한 점만 묻고 다니는 것은 아니었다. 명장답게 가끔은 고도의 심리전술도 펼쳤다. 2005년 10월, A매치 참가를 위해 한국에 갔다가 팀으로 복귀했을 때였다. 퍼거슨 감독이 내게 느닷없이 물었다.

"Ji, 11월 30일에 경기 있는 것 알고 있지?"

"네?"

갑작스러운 질문에 당황해 어리둥절한 표정을 짓는 내게 감독은 씩 웃으며 다시 물었다.

"그날 칼링컵 4라운드 경기 있는 것 아니냐고?"

이미 팀 스케줄을 받은 내가 경기 일정을 모를 리 없었다. 나는 당연하다는 듯이 대답했다.

"네, 물론이죠."

퍼거슨 감독은 다시 묘한 웃음을 지으며 물었다.

"그날 너 경기 뛸 거지?"

그제야 나는 감독의 말이 무슨 의미인지 깨달았다. 11월 30일은 바로 AFC(Asian Football Confederation : 아시아축구연맹)의 연말 시상식이 있는 날이었다. AFC는 나를 '올해의 선수상(Player of the Year)' 후보에 올려놓고 같은 날 벌어지는 칼링컵과 일정이 겹쳐 시상식에 참석하지 못하면 최종 후보에서 탈락시키겠다고 으름장을 놓고 있었다.

대한축구협회에서는 AFC가 터무니없는 주장을 좀처럼 바꾸려 하지 않자 고심 끝에 구단 측에 협조를 구하는 공문을 보낸 상태였다. 구단은 곧바로 퍼거슨 감독 비서를 통해 가능 여부를 물었다. 퍼거슨 감독 입에서 나온 대답은 당연히 "절대 안 돼!"였다.

퍼거슨 감독은 먼저 대한축구협회에 불가 통보를 해놓고 혹시나 내가 '올해의 선수상'을 타고 싶은데 자기 때문에 가지 못하게 되었다고 불만을 품고 있지 않나 싶어 한국에서 돌아오자마자 지나가는 말로 슬쩍 떠본 것이었다. 나는 웃으면서 힘주어 대답했다.

"물론 뛰어야죠!"

퍼거슨 감독은 내 대답에 또 한 번 씩 웃고 돌아섰다.

한번은 이런 일도 있었다. 2005년 9월, 리버풀과의 잉글랜드 프리미어리그 5차전에서 종료 1분을 남기고 교체 투입되었다. 내가 그라운드에 들어간 지 얼마 지나지 않아 당연히 경기는 끝났다.

리버풀은 지난 시즌 UEFA 챔피언스리그 우승팀이어서 나도 꼭 뛰고 싶었던 경기였다. 하지만 선발 기회는 돌아오지 않고 경기가 시종 팽팽하게 진행되는 바람에 내가 보아도 적당한 교체 타이밍이 잡히지 않았다.

경기를 마치고 나자 국내에서 우려 섞인 목소리가 터져나왔다. 박지성이 호나우두와 긱스 등에 밀려 주전에서 제외되고 있다는 것이었다. 솔직히 나도 내심 착잡했다. 퍼거슨 감독의 정확한 의중은 알 수 없지만 원하던 경기에 나가지 못한데다 국내에서도 걱정스러운 반응을 보이니 신경 쓰이는 것이 사실이었다.

이같은 반응이 우연찮게 퍼거슨 감독 귀에 들어갔다. 맨유를 십수 년 동안 출입해 온 영국 기자를 통해서였다.

"박지성이 리버풀전에서 1분 뛴 것을 두고 한국에서 말이 많다네."

퍼거슨 감독과 연배가 비슷한데다 오랫동안 인연을 맺은 이유로 틈만 나면 인터뷰를 하던 그 기자 입에서 나온 말을 듣고 퍼거슨 감독은 화를 벌컥 냈다고 한다.

"도대체 이해를 못하겠네. 나는 지성이가 우리 팀에 있어서 매우 기쁜데 말이야. 한 경기 정도 제대로 못 뛴 것 가지고 그렇게 표현하다니, 영국이나 한국이나 매스컴은 다 비슷한 모양이군."

나는 이 소식을 영국에 같이 머물던 김정일 매니저를 통해 전해 들었다. 매니저 앞에서는 어색하게 미소 짓고 말았지만 돌아서서는 소리라도 한바탕 지르고 싶을 만큼 기뻤다.

모기만 한 목소리로
"저기요"

————————————————————

나는 고교 시절부터 브라질의 둥가를 매우 좋아했다. 코칭스태프와 동료들에게 믿음직한 존재인 그의 카리스마와 분위기가 나를 매료시켰기 때문이다.

브라질에 둥가가 있었다면 한국에는 홍명보가 있다고 생각한다. 홍명보 형이 그라운드 위에서 내뿜는 독특한 카리스마는 마치 알 수 없는 후광이 몸 전체를 감싸고 있는 듯이 보인다.

국가대표팀에 합류한 후 처음 만난 룸메이트가 명보 형이었다. 대표팀 막내였던 나와 최고참이었던 명보 형이 숙소의 같은 방을 배정받은 것이다.

솔직히 처음에는 많이 부담스러웠다. 쳐다만 보아도 다리가 떨릴 만한 대선배와 한 방을 쓰게 되다니. 게다가 명보 형이나 나나 별로 말이 없는 스타일이어서 더욱 걱정이었다.

하지만 함께 지내다 보니 나의 이런 우려는 기우에 불과했다. 명보 형은 방을 같이 쓴 첫 날부터 자상하게 나를 대해주었다. 그라운드 위에서는 냉철한 카리스마를 내뿜는 명보 형이었지만 방에 돌아오면 의외로 소탈한 성격이었다.

오히려 후배인 내가 문제였다. 열세 살이라는 나이 차이에다 엄청난 명성에 눌려 차마 '명보 형'이라고 부르지도 못했다. 말을

2003년 7월, 피스컵에서 우상이었던 명보 형과 만났다.
LA 갤럭시전이 끝난 후 유니폼을 교환했다.

붙여야 하는 일이 있을 때마다 참 곤혹스러웠다. 한번은 겨우 모기만 한 목소리로 "저기요"라고 하며 입을 연 적도 있었다.

하지만 역시 명보 형은 달랐다. 갓 태극마크를 단 햇병아리인 내가 겪어보지 못했을 다양한 일들에 대해 틈날 때마다 소상히 가르쳐주었다. 인터뷰를 할 때는 어떤 말을 하고 하지 말아야 하는지, 대표팀과 소속팀을 오가며 가져야 할 바른 몸가짐은 어떤 것인지, 대표팀에서 선배들은 어떻게 대해야 하는지 등 모든 것을 명보 형에게 배웠다.

명보 형 같은 선배에게 이런 조언을 듣는 것이 나로서는 더없이 기쁜 일이었다. 벌써 10년 넘게 대표팀 생활을 하며 한국 최고의 수비수에다 국가대표팀 주장을 맡고 있는 대선배에게 가르침을 받을 수 있다는 것만큼 후배 축구선수에게 큰 행운이 또 있을까.

방을 함께 쓰면서 어느새 나는 명보 형의 말투나 움직임을 따라 하고 있었다. 그만큼 나도 명보 형처럼 그라운드 안팎에서 신뢰받는 존재가 되고 싶었다. 또 오랫동안 성공적인 대표선수로 남고 싶었다. 명보 형은 20대를 시작하는 나에게 '롤 모델(Role model)'이었던 것이다.

　명보 형은 현재 국가대표팀 코치로 활약하고 있다. 대표팀에 들어가 명보 형을 만날 때마다 반갑기 그지없다. 하지만 겉으로 잘 드러내지 못하는 내 성격 탓에 충분히 표현을 하지 못하는 것이 늘 아쉽다. 그래도 명보 형이라면 내 마음을 알아주리라 믿는다.

인내심 많은 여자와
만나고 싶다 ────────

내 이상형을 이야기해 보자면, 착하고 인내심 많은 여자와 만나고 싶다. 내 직업은 다른 사람들과 다르다. 축구선수는 신체적, 정신적 제약이 따르는 직업이다. 마음대로 놀 수도, 마음대로 일할 수도 없다. 팀의 스케줄에 철저히 따라야 하고 경기 일정에 맞추어 컨디션을 조절해야 한다.

축구선수인 나와 함께 생활할 수 있으려면 아무래도 무척 착하고 인내심도 상당해야 할 것 같다. 더구나 나는 한국이 아닌 해외에서 선수 생활을 하고 있다. 외국 생활은 겉으로는 멋있어 보여도 정작 지내 보면 불편하고 서럽고 힘든 일이 한두 가지가 아니다. 그때마다 남편이 따뜻하게 다독이고 보살펴주어야 하겠지만 늘 자상하게 해줄 수 있을지 솔직히 자신이 없다.

물론 나도 최대한 사랑하는 사람이 힘들지 않도록 노력할 것이다.

그러나 나의 특수한 상황을 이해해 주려면 마음이 곱고 잘 참을 줄 아는 여자여야 한다는 생각이 드는 것은 어쩔 수 없다. 또 나보다 더 배려가 깊고 슬기로워 주위 사람들, 특히 부모님에게 나를 대신해 부족한 부분을 채워줄 수 있었으면 하는 것이 내 바람이다.

어쩌면 내가 너무 이기적이라고 생각할지도 모르겠다. 하지만 이렇게 솔직하게 고백할 수밖에 없는 것이 내 상황이다. 나의 옆자리는 화려해 보일지라도 속으로는 절대 그렇지 못하다. 어쩌면 전 세계 축구선수들의 아내가 비슷한 어려움을 겪고 있을 것이다.

다만 한 가지, 선수 생활을 은퇴하고 나면 더없이 자상하고 속 깊은 남편이 되어주겠다는 것은 약속할 수 있다. 이 세상 누구보다도 더 가정적인 가장이 되도록 노력할 것이다. 그러니 앞으로 몇 년만 꾹 참고 내 곁을 지켜줄 나의 '반쪽'을 찾고 싶다.

물론 그동안 친구처럼 지내던 '여자친구'들은 몇 명 있었다. 편하게 지내던 누나들도 있었다. 하지만 부담 없는 친구들마저 내가 이 나라 저 나라 옮겨 다니면서 이제는 연락하기도 힘들다.

벌써 유럽에 온 지 3년이 넘었다. 네덜란드 진출 초기에는 간혹 전화도 하고 이메일도 주고받던 친구들이 하나같이 '짝'이 생겼고 언젠가부터 자연스럽게 소식이 끊어졌다.

영국에 살고 있는 한 연인을 만드는 일이 정말 쉽지 않을 듯하다. 'Out of sight, out of mind'라고 1년의 대부분을 해외에서 지내는 나를 남자친구로 여기며 만나줄 사람이 있을까 싶다.

한 달가량 한국에 머물 때도 드러내놓고 놀이공원에서 데이트 한 번 못할 게 뻔하니 나는 남자친구로서는 빵점이다. 이래저래 현역에서 은퇴할 때까지 7~8년간은 독수공방을 해야 할 것 같아 심란하기도 하다.

그래도 1년의 대부분을 미국에서 보내는 박찬호 선배의 결혼은 내게 작은 희망을 주었다. 나라고 성공하지 말라는 법은 없겠지.

"여자친구 만들면
안 된다"

나는 참 고지식한 아이였다. 오죽하면 선배들이나 코칭스태프 말이라면 팥으로 메주를 쑨다고 해도 그대로 믿을 정도였다. 특히 축구에 관한 좋다고 하는 것은 무조건 했고 좋지 않다고 하면 무조건 하지 않았다. 이 원칙은 매우 단순해서 지키기 쉬울 것 같지만 생각만큼 쉽지만은 않다.

사춘기 때면 누구나 겪는 이성 문제는 운동선수에게도 큰 관심거리이자 장애물이다. 축구를 시작한 후 항상 들어온 말이 "여자친구 만들면 안 된다"였다. 정신적으로 혼란스러워지고 데이트를 하느라 컨디션 조절도 제대로 할 수 없게 된다는 이유에서였다. 이어서 따라붙은 말은 "성공하면 얼마든지 사귈 수 있으니 우선 좋은 선수가 되기 위해 힘써라"는 것이었다.

물론 이 말을 곧이곧대로 믿었다. 특히 세류 초등학교와 안용 중학교 선배인 K 선수 때문에 믿지 않을 수 없었다. K 선수는 내가 다니던 초등학교와 중학교가 배출한 최고의 스타였다. 두 학교 모두 축구부 역사가 깊지 않았던 탓에 청소년 대표였던 K 선배는 그야말로 우리의 우상이었다. K 선배가 가끔 태극마크 선명한 가방을 메고 학교에 찾아와서 하는 말은 곧바로 내 생활의 금과옥조가 되었다.

"여자친구 사귀고 싶지? 하지만 지금 여자친구 사귀면 망한다. 정신 딴 데 팔아 잘된 선수 별로 없다. 나중에 성공하면 세상에서 제일 예쁜 여자를 애인으로 삼을 수 있으니까 한눈팔지 마라."

어쩌면 K 선배도 감독 선생님들로부터 모종의 지시를 받고 한 말이겠지만 한창 사춘기이던 우리의 더운 피를 가라앉히기에 부족함이 없었다. 게다가 성공하면 예쁜 여자친구를 사귈 수 있다는 말을 실제로 눈으로 확인한 적도 있었다.

서울에서 대회가 열리면 우리는 수원에서부터 지하철을 타고 경기장으로 가곤 했다. 하루는 우리가 탄 지하철에 항상 바른 말만 하던 K 선배가 예의 태극마크 선명한 가방을 메고 나타났다. 아직 코흘리개였던 우리가 보기에는 선녀보다 더 예쁠 것 같은 여자친구와 함께!

가뜩이나 고지식한 아이였던 내가 말로 듣고 눈으로 본 일을 안 믿을 재주가 없었다. 언젠가 '훌륭한 선수'가 되어 눈부신 내 짝꿍이 나타나기 전까지 여자라는 존재는 아예 잊고 살기로 마음먹었다.

그 결심이 얼마나 대단했던지 중학교 3학년 때 친구와 함께 한 여학생에게 팬레터를 받고 가슴이 두방망이질 쳤지만 고민 끝에 결국 축구에만 집중하자는 결론을 내리기까지 했다. 지금 생각하면 우습지만 당시로서는 꽤 큰 결단이 필요한 사건이었다.

재미있는 일은 나와 같이 '이성 교제 불가'를 외쳤던 그 친구가 다른 고등학교에 진학하자마자 바로 여자친구를 사귀었다는 것이다. 그 소식을 듣고 배신감 비슷한 감정을 느꼈던 기억도 있다.

청소년들에게 이성 문제만큼이나 강한 유혹이 있다면 역시 어른 흉내를 내는 것이다. 특히 고등학생쯤 되면 어른 몰래 술 한잔 마셔보고 담배 한 모금 피워보는 것으로 마치 어른이 된 듯한 착각에 빠지곤 하는 친구들이 많았다.

나에게도 그런 유혹이 있었다. 고등학교 시절 멋내기 좋아하는 동료들은 감독과 코치의 감시망을 교묘히 뚫고, 혹은 합숙이 끝난 후 집으로 돌아가는 길에 몰래 맥주 한잔씩 하며 어른 흉내를 냈다.

남자아이들의 또래문화에는 친구가 하면 나도 같이 해야 한다는 묘한 동지의식 같은 것이 있다. 팀의 동료들이 맥주를 한잔씩 할 때면 언제나 고민이었다. 틀림없이 부모님과 감독님이 하지 말라는 일이었기 때문이었다. 고지식 대장인 내가 하지 말라는 일을 할 용기나 융통성이 있을 리 만무했다.

문제는 같이 하지 않으면 친구들에게 따돌림을 당할 수 있다는 것이었다. 그런 순간마다 등줄기에 땀이 흐를 정도로 고민스러웠다. 그 나이의 나에게는 친구도 축구만큼 중요한 고민거리였던 셈이다.

과정은 힘들었지만 결론은 항상 같았다. 축구선수로서 하면 안 된다고 어른들이 이야기하는 일은 하지 않겠다는 것이 내 소신을 굽힐 수 없었다. 몇 번인가 맥주 한잔하러 가자고 권하던 친구들도 초지일관 "나는 안 할래"를 연발하는 나에게 두손 두발 다 들고 말았다. 다행히 친구들은 곧 '저 녀석은 애당초 그런 녀석이거니' 하고 포기해 주었다.

멈추지 않는 도전

내가 처음 맥주를 입에 대본 것은 명지대에 입학한 후 신입생 환영회 자리에서였다. 자정이 넘어 집에 들어간 것도 그날이 처음이었다. 밤늦게 돌아다니는 것은 컨디션을 조절해야 하는 운동선수에게는 좋지 않다는 말을 들어 항상 9시 이전에 귀가했기 때문이다.

못생긴 발에 바르는
화장품 선물 ─────────────

네덜란드 PSV 에인트호번이 2004~2005 시즌 챔피언스리그에서 4강에 오르지 못했다면 난 영국 맨체스터 유나이티드의 붉은 유니폼을 입기 힘들었을 것이다. 퍼거슨 감독은 맨유 소속 네덜란드 스카우터로부터 나에 대한 이야기를 이미 들었다고 했다. 챔피언스리그에서 뛰는 내 모습을 8경기 정도 지켜보며 영입에 대해 생각했다는 것이다.

만약 PSV 에인트호번이 챔피언스리그 4강까지 가지 못했다면 퍼거슨 감독이 나를 관찰할 기회를 갖지 못했을 테고 이적 제의도 하지 않았을 가능성이 높다. 나에게는 그해의 챔피언스리그가 큰 행운이었던 셈이었다.

PSV 에인트호번이 챔피언스리그에서 한 계단씩 위로 올라갈 때마다 한국 팬들의 반응도 뜨거워졌다. 나와 영표 형이 네덜란드에 진출한 첫 해 에레디비지에리그가 국내에 중계된 적이 있었지만 그것도

1년뿐이었고 이후에는 챔피언스리그만 국내에 중계되었기 때문에 그럴 수밖에 없었다.

얼마 전에는 내 발 사진이 인터넷에 오르내리기도 했다. 나의 용품 스폰서 업체가 찍은 못생긴 내 발에 팬들은 분에 넘치는 찬사를 보내주었다.

축구선수 발이라면 누구라도 내 발 비슷한 모양을 하고 있을 것이다. 축구선수에게는 제일 중요한 신체 부위지만 또한 제일 고생시키는 것이 발이다. 다른 선수 축구화에 밟히기 일쑤고 공을 찬다는 것이 그만 잘못해 땅을 차는 일이 다반사다. 그렇다 보니 일반인 발처럼 매끈하고 예쁜 모양새를 유지하기 힘들다.

특히 내 발은 운동하기에는 최악이라는 평발이다. 솔직히 나도 2002년 월드컵을 준비하면서 이 사실을 처음 알았다. 월드컵 대표팀 주치의가 부상 부위를 살펴보다가 우연히 내 발을 보고는 깜짝 놀라 말하는 것이었다.

"이 발로 축구를 하다니! 힘들지 않았나?"

힘들기는 했다. 러닝을 심하게 한 날이면 발이 아픈 적도 많았다. 하지만 나는 축구선수라면 당연히 발이 아픈 줄 알았다. 그렇게 혹사시키는데 누구 발인들 아프지 않겠는가. 평발이라는 이야기를 듣고도 다른 선수들과 큰 차이가 있으리라고는 생각되지 않았다.

다만 이후로 발에 조금 더 신경을 쓴다. 내가 아픔을 이겨내는 것은 그렇다 치고 발을 너무 혹사시키는 게 미안하기도 해서다.

팬들은 내 발이 평발이라는 사실을 알고, 또 내 발 사진을 본 뒤부터 발에 바르는 화장품을 선물로 보내주곤 한다. 팬들의 사랑도 담겨 있고 발에게 미안하기도 해서 요즘은 그 화장품으로 열심히 관리를 하고 있다.

어쨌든 이 발이 세계 최고 팀에 들어올 때까지 잘 견디어주었으니까. 그리고 앞으로도 굳건히 나를 받쳐줄 테니까.

가장 많이 먹은 보양식
'개구리'

초등학교 시절 내가 경기하던 모습을 기억하는 사람들은 말한다.

"다른 선수들 다리 사이로 7번을 단 꼬마가 드리블해 들어가더니 골을 넣더라."

학창 시절 내내 나의 가장 큰 콤플렉스는 신체 조건이었다. 야속할 정도로 자라지 않는 키가 문제였다. 축구를 시작한 이래 부모님은 키 크는 데 좋다는 것은 모두 구해 먹였다.

하지만 내 입이 짧은 것이 문제였다. 아무리 영양가 있는 음식이나 귀한 약을 구해 코앞에 들이밀어도 부모님의 정성을 모르쇠하고 고개를 내젓기 일쑤였다.

어릴 때 가장 많이 먹은 보양식이 있다면 다름 아닌 개구리였다. 부모님은 겨울잠을 자기 위해 영양분을 가득 보충한 개구리가 체력 증진에 좋다는 말을 듣고 늦가을만 되면 개구리로 약을 만들어 나에게 주셨다.

개구리를 구하기 위한 아버지의 노력은 눈물겨웠다. 아버지는 충남 서산의 농장까지 직접 찾아가 예닐곱 마리 구하고, 다음 달에는 전남 고흥까지 내려가 또 몇 마리 구하는 식이었다. 때로는 시골에 사는 친척에게 부탁해 개구리를 소포로 받고 돈을 부쳐주기도 했다.

주위 사람들은 특별할 것도 없는 개구리를 돈까지 주고 사는 아버지를 이상하게 보았다고 한다. 하지만 아버지에게 개구리는 아들의 체력을 키우고 키를 자라게 하는 특효약이었다.

돌이켜보면 백번 고개 숙여 절을 해도 모자랄 정성이지만 철없던 나에게는 어렵게 구해 온 개구리로 만든 약을 먹는 일이 여간 고역이 아니었다. 유난히 입이 짧은 나로서는 개구리가 들었다는 생각만 해도 입에 갖다 대기조차 싫었다.

"이걸 먹어야 키가 큰다. 눈 질끈 감고 쭉 들이켜라."

오만상을 찌푸리며 고개를 내젓는 나를 설득하느라 부모님은 또 한바탕 곤욕을 치르면서도 학창 시절 내내 한 해도 '개구리 보약'을 거른 적이 없었다.

당시 정육점을 운영하던 아버지는 돼지고기건 쇠고기건 몸에 좋다는 고기란 고기는 전부 내게 먹이셨다. 부모님의 정성이 당장 키로 이어진 것 같지는 않지만 내 체력의 바탕이 된 것만은 확실하다.

나는 한꺼번에 많이 먹지는 않지만 꾸준히 먹는 스타일이다. 운동선수들이 즐기는 보양식은 별로 좋아하지 않지만 일반 음식은 가리지 않고 먹는다. 잘 먹는 것은 운동선수에게나 일반인에게나 똑같이 중요하다. 체력이 뒷받침되지 않으면 어떤 일도 열심히 할 수 없을 테

흐릿하게 추억되는 J-리그 때의 모습. 최선을 다한 결과 상도 받아 부모님을 흐뭇하게 해드렸다.

니까 말이다.

부모님의 눈물겨운 노력에 내 키는 고등학교 2학년 때에 들어서자 겨우 170cm를 넘긴 것이다. 고등학교 1학년 때는 덩치 좋은 동료들과 거의 10cm 이상이나 차이가 났다. 그나마 2학년 때부터 자라기 시작한 키가 지금은 176cm 정도다. 일반인이라면 보통은 넘는 키라고 할 수도 있지만 운동선수로서는 큰 편이 아니다.

축구선수는 꼭 키가 클 필요는 없다. 중앙 스트라이커나 중앙 수비수처럼 키가 경기력에 필수적인 포지션도 있다. 그러나 내가 주로 뛰는 미드필더는 그렇지만도 않다. 하지만 한국의 학원 축구에서는 기술보다 체격 조건이 선수들의 능력을 판단하는 중요한 요소가 되는 것이 현실이다. 대부분의 대회가 거의 맨땅에서 치러지기 때문이다.

맨땅에서 경기를 하면 기술이 좋은 선수들은 잘하기 힘들다. 따라서 체격이 좋고 체력이 강한 선수들이 기술이 뛰어난 선수들보다 더 주목받게 마련이다. 나의 신체적인 조건은 우수한 선수로 인정받는데 압도적으로 불리하게 작용했다. 체력은 좋았다. 다만 체격이 워낙 왜소하다 보니 체력마저 떨어져 보인 것이 내 핸디캡이었다.

"발재간과 감각은 있는데, 키가 작아서…"

체격 좋은 선수들이 툭 밀면 쓰러져버릴 것 같은 내 모습에 대부분의 지도자들은 말끝을 얼버무리기 일쑤였다. 그럴 때마다 부모님은 혹시나 타고난 체격 때문에 아들의 꿈이 무너지지나 않을까 노심초사하셨다.

나도 크지 않는 키를 원망했다. 하지만 포기하기는 일렀다. 언젠가, 누군가는 내가 가지고 있는 잠재성을 인정해 줄 것이라는 믿음만큼은 버리지 않았기 때문이다.

나와 다른 방식을 인정하라

스무 살부터 해외 구단에서 활동한 나는 일본과 네덜란드를 거쳐 현재 영국에서 선수생활을 하고 있다. 스물여섯 나이치고는 다양한 문화를 경험한 편이다.

여러 나라를 돌아다니는 것을 두고 부러워하는 사람들도 적지 않다. 낯선 나라의 문화와 색다른 환경을 접할 수 있는 좋은 기회임이 분명하다. 하지만 단순히 현지를 여행하는 것과 달리 그곳에 정착해 생활하는 것은 핑크빛만은 아니다.

여행자로 여러 나라를 돌아다닌다면 이질적인 문화가 색다른 경험으로 다가오거나 좋은 추억거리로 남을 수 있다. 하지만 내 경우는 현지인과 어울려 생활인으로 살아가야 한다. 구단과 계약이 끝나기 전까지는 그 나라 언어로 소통하고, 그 나라 음식을 먹고, 그 나라 사람들과 어울려야 한다. 한국과 다른 생활방식에 적응하고 무엇보다 이방인에 대한 눈에 보이지 않는 차별도 감수해야 하는 것이 외국 생활이다.

네덜란드 PSV 에인트호번으로 이적한 지 얼마 되지 않았을 때다. 소속팀에 비해 비교적 약체인 상대와 경기를 하던 중 0 대 2로 뒤진 채 하프타임을 맞은 적이 있다. 한국이었다면 선수들은 고개도 들지 못한 채 라커룸으로 들어가 코칭스태프의 불호령을 기다렸을 것이다.

그러나 PSV 에인트호번 선수들의 반응은 뜻밖이었다. 잘못한 표정으로 힘없이 라커룸에 들어서는 선수는 나와 이영표 형뿐이었다. 게다가 하늘 같은 히딩크 감독이 전반전의 전술적인 잘못에 대해 지적하자 선수들은 핏대를 올리며 서로의 잘못을 지적하기 시작하는 게 아닌가. 상상도 못할 일이 눈앞에서 벌어지자 우린 눈이 휘둥그레졌다.

더욱 이해할 수 없었던 것은 히딩크 감독의 그다음 행동이었다. 그는 화를 내기는커녕 목청을 높이는 선수들을 두고 라커룸을 나가버린 것이다. 나중에 알고 보니 네덜란드의 라커룸은 너무나 자유분방해서 코칭스태프의 일방적인 호통은 아예 존재하지도 않았다. 만약 선수가 감독에 의해 이해할 수 없는 시점에서 교체되었을 경우, 감독과 말다툼을 벌이는 사례도 부지기수라고 한다.

이런 다양한 경험은 내가 여러 나라에서 각기 다른 나라 출신 선수들과 큰 마찰 없이 지낼 수 있는 내공을 쌓게 해주었다. 비법은 문화적 차이를 인정하는 데 있다. 네덜란드에서는 네덜란드 방식대로, 영국에서는 영국 방식에 따라 대응하는 것이다. '로마에서는 로마의 법을 따르라'는 말이 그래서 나온 것 아닐까.

2장

내 안의 나를 깨워라

큰 경기에 임하기 전이면 언제나 나만의 주문을 외운다.
'내가 이 경기장에서 최고다. 이 그라운드에서는 내가 주인공이다.'
수줍음이 많고 내성적인 편이지만 경기에 들어가기 전
내 안의 나를 깨워 자신감을 충전한다.

포기하지 않고
묵묵히 ─────────────

2005년 12월 21일, 크리스마스를 나흘 앞두고 온통 축제 분위기로 들떠 있던 영국의 버밍엄. 내 생애 수많은 경기장에서 셀 수 없이 많은 경기를 해왔고 앞으로도 하겠지만 그날 그 경기장만큼은 영원히 잊지 못할 것이다.

영국 맨체스터 유나이티드로 옮겨온 지 무려 133일째. 고국 팬들이 시원한 첫 골을 얼마나 간절히 고대해 왔는지 누구보다 잘 알기에 경기에 임하는 마음도 결코 가볍지만은 않았다.

바로 전 경기였던 아스톤 빌라전에서 날린 슛이 골대를 맞고 나왔을 때는 하늘이 원망스럽기까지 했다.

'이러다 골 한 번 못 넣어보고 영국 땅을 밟은 첫 해가 넘어가는 것은 아닐까.'

내심 불안하기만 했다.

그로부터 4일 후, 다시 열린 칼링컵 8강전. 프리미어리그 경기는 아니었지만 각오를 새롭게 하고 최선을 다해 뛰고 또 뛰었다. 마침내 후반 5분경, 그토록 간절히 바라던 순간이 왔다.

미드필드 쪽에서 길게 넘어오는 공이 내 시야에 잡힌 것이다. 재빨리 뛰어올라 날아오는 공을 헤딩으로 받아 사하에게 연결했다. 공은 사하의 발 앞에 정확히 떨어졌다. 사하는 왼쪽에서 바짝 다가서 있던 수비수를 처리하지 못하고 우물쭈물하고 있었다. 사하가 수비수를 제치려는 찰나 공이 수비수와 사하의 발을 거의 동시에 맞고 내 쪽으로 튕겨 왔다.

나는 공을 잡고 페널티 에어리어 안쪽으로 치고 들어갔다. 순간 발 끝에 감이 왔다. 가슴 가득 운명과도 같은 강한 자신감도 차올랐다. 더 이상 생각은 필요 없었다. 이미 골문 어디에 꽂아야 할지 머릿속에 환하게 그림이 그려졌고 골키퍼의 움직임도 감지되었다. 오직 나의 왼발이 목표로 하고 있는 공에만 신경을 집중시켰다.

'지금이다!'

응축시켰던 힘을 왼발에 실어 한순간에 폭발시켰다. 오른쪽에서 쫓아오던 수비수가 발을 쭉 뻗어 슛을 가로막으려고 했지만 내가 반 박자 빨랐다. 왼쪽 발등이 묵직했다.

고개를 들자 버밍엄 시티의 골키퍼 마이크 테일러가 허공을 향해 팔을 쭉 뻗는 모습이 보였다. 이어서 골네트가 출렁거렸다.

"와!"

관중석에서 터져나온 함성에 몸이 두둥실 떠오르는 느낌이었다. 아드레날린이 온몸에 쫙 퍼지는 기분. 짜릿하다는 말을 그때만큼 실감

2006년 2월 5일 풀햄전에서 프리미어리그 첫 골이 터졌다. 가뭄 끝 단비처럼 달콤했다.

한 적이 없었다.

루니가 뛰어왔다. 오셰어가 뒤를 이었다. 주장 네빌과 실베스트르, 플레처 등이 어느새 달려와 나를 얼싸안았다.

"잘했다. 첫 골, 축하한다!"

네빌이 내 어깨를 꽉 움켜쥐더니 소리쳤다. 네빌 얼굴도 나만큼이나 흥분되어 있었다. 진정으로 나의 첫 골을 기뻐하는 모습이었다. 동료들의 축하를 받으며 우리 쪽 벤치를 바라보니 열렬히 박수를 보내고 있는 퍼거슨 감독이 눈에 들어왔다.

'고맙습니다, 감독님!'

나는 마음 가득 감사의 인사를 보냈다.

'지독히도 나를 괴롭히던 골 가뭄도 이젠 물러가겠지.'

경기를 마치고 가벼운 걸음으로 그라운드를 걸어 나오는데 주장 네빌이 다가왔다.

"Ji, 멋진 경기였어. 첫 골도 넣었으니 다음 경기도 잘해 보자구."

땀에 젖은 유니폼 사이로 칼날처럼 파고들던 영국의 한기를 네빌이 던진 격려의 말 한마디가 따뜻이 녹여주었다. 라커룸으로 들어서자 퍼거슨 감독도 어깨를 두드리며 축하해 주었다.

"첫 골이지? 나도 정말 기쁘다. 이제 골 자주 넣어라."

맨체스터로 향하는 버스에 몸을 싣자 무거운 짐을 내려놓은 듯 홀가분했다. 밤잠을 설치며 첫 골을 기다렸을 고국의 팬들에게 어느 정도 보답을 했다는 생각에 뿌듯했다. 그러나 그것은 시작일 뿐이었다. 나는 두 주먹을 힘껏 쥐었다.

'그래, 나는 이제 갓 태어난 거야. 지금부터 시작이다!'

첫 골을 터뜨리기까지 133일. 그후 올드 트래포드 홈구장에서 열린 풀햄과의 경기에서 두 번째 골을 성공시켰다. 정규 리그 23경기, 177일 만에 터진 프리미어리그 첫 골이었다. 한때 모든 것을 포기하고 돌아가야 하는 게 아닌가 불안하기도 했고 쓰디쓴 좌절의 순간도 없지 않았다. 그러나 스스로를 믿으며 포기하지 않고 묵묵히 밀고 나간 내게 하늘은 더없이 큰 환희로 응답해 주었다.

아무것도 없는
도전 ────────────

2005년 5월 29일은 내 인생에서 잊을 수 없는 날이다. 세계 최고 명문 구단으로 불리는 맨체스터 유나이티드의 명성에 걸맞게 '명장'이라고 꼽히는 알렉스 퍼거슨 감독이 러브콜을 보낸 날이기 때문이다. 그런 일이 일어나리라고는 꿈에도 생각지 못하고 있었지만 기회는 갑작스럽게 찾아왔다.

이미 2004~2005 시즌 우승을 확정 지은 상태였던 네덜란드 PSV 에인트호번은 그날 페예노르트의 홈구장 쿠이프 스타디움에서 빌렘Ⅱ를 4 대 0으로 누르고 암스텔컵(네덜란드 FA컵)까지 손에 넣었다. 시즌 2관왕에 오른 것이었다.

빌렘Ⅱ전에서 마지막 골을 넣은 나는 시즌 2관왕을 이루는 데 일조했다는 행복감에 젖어 버스를 타고 로테르담에서 에인트호번까지 2시간 길을 동료들과 노래하고 소리 지르며 즐겁게 돌아오고 있었다.

에인트호번에 거의 도착할 무렵 에이전트인 이철호 사장에게서 전화가 왔다. 그는 PSV 에인트호번과의 재계약이냐, 빅 리그로의 이적이냐를 두고 협상과 접촉을 거듭하면서 벌써 한 달째 유럽에 머물고 있었다. 이 사장에게 나는 대뜸 말했다.

"경기 봤어요? 우리 우승했어요!"

그 순간만큼은 재계약이나 이적 문제보다는 승리의 기쁨에 한껏 취하고 싶었다.

"그래? 나 방금 영국에서 돌아왔어."

평소 같으면 나 못지않게 기뻐하며 소리쳤을 이 사장의 목소리가 어딘지 이상했다. 가늘게 떨리는 음성, 직감적으로 '뭔가 큰일이 생겼구나' 하는 느낌이 왔다.

"왜 그래요? 무슨 일 있어요?"

이 사장은 흥분을 억누르는 듯 긴장된 목소리로 말했다.

"지성아, 맨체스터 유나이티드다! 맨유에서 오란다. 조건도 좋아. 알렉스 퍼거슨 감독을 직접 만나 이야기하고 오는 길인데 벌써 너에 대해 훤히 알더라."

순간 내 귀를 의심했다. 맨체스터 유나이티드라니!

믿어지지 않았다. 축구를 시작한 뒤 어떤 팀에 꼭 가야겠다는 생각을 해본 적은 없었다. 다만 지금 서 있는 자리에서 최선을 다하면 언젠가는 내 실력을 맘껏 펼쳐 보일 수 있는 기회가 오리라는 믿음은 있었다. 그 믿음이 축구를 하는 동안 어려움에 처한 나를 일으켜 세워주는 힘이 되었음은 물론이다.

그러나 그 믿음이 현실에서 어떻게 실현될지는 확신하지 못했다.

그런데 세계 최고 축구 클럽 가운데 하나인 영국 맨체스터 유나이티드에서 영입 제의가 온 것이었다.

'맨체스터 유나이티드라구?' '맨유에 누가 있더라. 그렇지, 반 니스텔루이가 있구나. 스콜스, 긱스, 그리고 솔샤에르…'

머릿속이 백지장처럼 하얘졌다. 6년 전 처음으로 올림픽 대표팀에 뽑혔다는 소식을 전화로 들었을 때와 똑같았다. 주위가 온통 하얀 안개로 뒤덮인 것 같았고 그저 멍한 느낌이었다.

차를 세워둔 헤르트강 훈련장을 거쳐 집까지 오는 동안 많은 생각들이 머리를 스쳤다. 하지만 한 가지 확실한 것이 있었다. 나에게 '새로운 기회'가 찾아온 것만은 분명했다. 그것도 엄청난 기회가!

기뻤다. 한 발짝 더 앞으로 나아가게 되었다는, 어쩌면 크게 한번 점프할 수도 있을지 모른다는 기대감이 차올랐다.

하지만 흥분에 휩싸여 쉽사리 결정을 내릴 문제만은 아니었다. 차츰 마음이 가라앉으면서 PSV 에인트호번 감독이자 내 축구 인생의 귀중한 조력자인 히딩크 감독과 부모님의 얼굴이 차례로 떠올랐다.

'내가 다른 팀으로 가겠다고 하면 히딩크 감독이 뭐라고 하실까?'

내가 맨체스터 유나이티드를 선택할 경우 PSV 에인트호번과 히딩크 감독을 떠나야 했다. 이 역시 쉽지 않은 결정이었다. 무엇보다 맨체스터 유나이티드 같은 거대 구단에서 과연 내가 살아남을 수 있을지 냉정히 검토해 보아야 했다.

이런저런 생각에 잠겨 아파트 현관에 들어서는데 기다리고 있던 이철호 사장이 내 손을 덥석 잡았다. 소파에 앉자마자 이 사장은 퍼거슨 감독을 만난 일부터 맨체스터 유나이티드 구단이 제시한 조건을 하나하나 설명했다.

대략적인 설명이 끝나자 이 사장은 휴대폰을 들더니 어디론가 전화를 걸었다. 신호가 가고 상대방이 나오자, 이 사장은 내게 전화기를 건네며 말했다.

"받아봐라. 퍼거슨 감독이다. 나를 공항에 데려다주면서 꼭 너와 직접 이야기를 나누고 싶다고 부탁하더라. 그때는 경기 중이라 곤란하다고 했더니 네덜란드에 돌아가서 너를 만나면 전화해 달라고 했다."

잠시 망설여졌다. 낯선 사람과 전화로 얘기한다는 것이 어색하기도 했지만 그 대상이 TV에서나 보던 세계적인 명장이라는 사실에 가슴이 벅차올라서였다.

"헬로!"

휴대폰을 받아들고 어렵사리 입을 떼니 저편에서 강한 억양의 영어가 흘러나왔다. 퍼거슨 감독이었다.

그때는 잘 몰랐지만 퍼거슨 감독이 쓰는 스코틀랜드식 영어는 다른 영국 선수들도 알아듣기 힘들어할 만큼 '악명'이 높았다. 영어에 서툰 나를 배려해서였는지 퍼거슨 감독은 쉬운 단어를 골라 또박또박 끊어가며 말을 이어갔다.

"지성? 나 퍼거슨 감독이야. 맨체스터 유나이티드와 나는 너를 정말 원하고 있다. 네가 우리 팀에 와서 잘할 수 있으리라고 믿는다. 루드 반니스텔루이가 PSV 에인트호번 출신이라는 건 알지? 루드가 잘한 만큼 너도 우리 팀에 잘 적응할 수 있을 것이다. 좋은 기회니까 놓치지 말기 바란다. 궁금한 것이 있으면 언제든지 이 번호로 전화해라. 대표팀 경기 때문에 우즈베키스탄으로 간다고? 좋은 성과 있기 바란다."

퍼거슨 감독은 시종일관 다정한 목소리로 이야기했다. 마치 손자에게 말하는 듯한 그의 목소리를 듣노라니 벌써 맨체스터 유나이티드 선수라도 된 것 같은 착각이 들 정도였다. 통화가 끝난 후 이적 문제에 대해 이철호 사장과 좀 더 이야기를 나눈 후 2층 침실로 올라갔다.

벌써 자정이 넘은 시각이었다. 5시간 후면 우즈베키스탄과의 2006년 독일 월드컵 아시아 지역 최종 예선전을 앞두고 타시켄트에 입성해 있는 국가대표팀에 합류하기 위해 암스테르담 스히폴 공항으로 가야 했다.

그러나 쉽게 잠이 오지 않았다. 침대에 누워 두 발을 올리고 물끄러미 바라보았다. 벌써 10년 넘게 공을 차며 혹사시켜 상처투성이인 내 발.

'퍼거슨 감독이 내 발을 필요로 한다 이 말이지?'

밤이 깊도록 발만 올렸다 내렸다 하던 내게 가슴 깊숙한 곳으로부터 작지만 또렷한 목소리가 들려왔다.

'그래, 한번 해보는 거야. 어차피 아무것도 없는 곳에서 시작했잖아. 맨유! 그리고 프리미어리그! 좋아, 도전해 보자!'

배신과 솔직함의
차이 ────────────

2006년 독일 월드컵 아시아 최종 예선전을 치르기 위해 우즈베키스탄 타시켄트로 이동한 나는 본프레레 감독이 이끄는 국가대표팀에 속해 보름 동안 정신없이 보냈다.

경기는 우즈베키스탄과 쿠웨이트로 이어지는 이른바 '원정 2연전'. 우즈베키스탄과의 경기는 잘 풀리지 않았지만 엄청난 무더위 속에 벌어진 쿠웨이트전에서는 우리가 4 대 1로 이겨 월드컵 6회 연속 본선 진출의 쾌거를 이루었다.

나는 6월 9일 쿠에이트시티 알 카즈마 경기장에서 열린 쿠웨이트전에서 한국의 마지막 골을 성공시켰다. 소속팀 PSV 에인트호번에서의 좋은 성과에다 그동안 부진하다는 평가를 받았던 국가대표팀에서도 월드컵 본선 진출이라는 선물을 받게 되어 한없이 행복했다.

최종 예선전을 치르기 위해 오랜만에 만난 국가대표팀 선후배들 사이에서 단연 화제는 나의 맨체스터 유나이티드로의 이적설이었다. 나는 이적 문제에 대해 입을 다물었다. 아직 PSV 에인트호번과 계약 중인 상태였던만큼 맨체스터 유나이티드와 접촉했다는 사실이 밝혀지면 곤란했기 때문이다.

비밀은 오래가지 못했다. 영국의 타블로이드 신문에서 맨체스터 유나이티드가 한국 선수 박지성을 영입하려 한다는 기사가 나온 것이다. 그러자 국내의 모든 신문과 방송이 발칵 뒤집어졌다.

우즈베키스탄과의 경기 사흘 전 훈련이 끝나자마자 국가대표팀을 따라 출장 나와 있던 국내 방송과 신문사 기자들로부터 인터뷰 요청이 쏟아졌다. 나는 맨체스터 유나이티드로의 이적 문제에 대해 처음 듣는 이야기라고 말했다. 거짓말을 하고 싶지는 않았지만 당시 상황이 그럴 수밖에 없었다.

이적설에 관한 기사가 쏟아지기 전에 지금까지 나를 길러준 히딩크 감독에게 먼저 이 사실을 알리고 상의해야 했다. 히딩크 감독과의 의논 없이 이적 사실이 밝혀지는 것은 스승에 대한 도리가 아닐 뿐더러 모양새도 좋지 않다고 생각되었다. 물론 내 계약서에는 일정 정도의 이적료 제의만 있으면 이적을 선택할 수 있는 옵션 조항이 있었다. 하지만 PSV 에인트호번 구단이 나를 놓아주지 않겠다고 하면 이적 자체가 성립되지 않을 수 있다는 점도 간과할 수 없었다.

그러나 나는 계약서 내용을 들이대며 PSV 에인트호번을 떠나고 싶지는 않았다. 힘들어하던 나를 끝까지 기다려준 히딩크 감독과 PSV 에인트호번 구단, 그리고 홈팬들을 그런 식으로 배신하고 싶지 않았기 때문이다.

기자들 때문에 국가대표팀 동료들도 내 이적설에 대해 알게 되었다. 가장 먼저 이영표 형이 어깨를 두드리며 축하해 주었다.

"야, 지성이 떠나면 나 혼자 밥 먹어야 하는데 어떻게 하지?"

우즈베키스탄전을 앞두고 내가 무릎이 좋지 않아 훈련을 쉬게 되자 안정환 형은 너스레를 떨기도 했다.

"이제 퍼거슨 감독 난리 났네."

나는 그저 말없이 웃기만 했다.

그즈음 네덜란드에서는 이철호 사장이 히딩크 감독을 만나 이적 문제를 놓고 협상을 시작했다. 맨체스터 유나이티드 구단이 이적 협상 제의 내용을 담은 공문서를 PSV 에인트호번 구단에 보내 본격적으로 협상이 오고 갔다. 물론 이 모든 과정이 언론에는 공개되지 않았다.

쿠웨이트전을 마치고 한국으로 돌아오자 네덜란드에서 이적 협상이 본격화되고 있다는 소식이 전해졌다. 이적 문제가 협상 테이블에 오르자 열흘간 미국으로 휴가를 떠났던 히딩크 감독이 급히 네덜란드로 돌아왔고, 양쪽 구단 관계자들이 이적료를 놓고 줄다리기를 벌이고 있다는 소식이었다.

한국에서 협상 결과를 기다리려니 조마조마한 마음을 감출 수 없었다. 맨체스터 유나이티드 구단은 축구선수인 내게 포기하기 힘든 기회였다. 그렇지만 히딩크 감독에게 등을 돌리기도 쉽지 않았다. 원만하게 모든 일이 처리되기를 바라고 있는데 이철호 사장으로부터 전화가 걸려왔다. 내가 정말 맨체스터 유나이티드로 이적을 원하는지 히딩크 감독이 알고 싶어한다는 것이었다. 더불어 히딩크 감독의 솔직한 심정도 함께 전해주었다.

'나는 양쪽 어깨에 짐을 진 것 같은 느낌이다. 지성의 장래를 생각하면 보내주어야 할지도 모른다. 하지만 PSV 에인트호번 감독 입장에서는 키 플레이어인 지성을 놓아줄 수 없다. 어떻게 해야 할지 모르겠다.'

잠시 후 네덜란드에서 다시 전화가 걸려왔다. 이번에는 히딩크 감독이었다.

"지성, 너는 성인이니까 네 앞길을 선택할 수 있다. 맨체스터 유나이티드는 훌륭한 구단이다. 좋은 기회지. 하지만 유명한 선수들이 많은 만큼 우리 팀에서처럼 경기마다 선발로 뛸 수는 없을 것이다. 자칫하면 벤치에만 앉아 있다가 계약 기간이 끝날 수도 있다. 그래도 가고 싶은가?"

놀랍게도 히딩크 감독은 맨체스터 유나이티드로부터 영입 제의를 받고 나서 내가 고민했던 것을 정확하게 지적했다.

'좋은 기회다. 하지만 자칫하면 경기에서 뛰지 못하는 반쪽짜리 선수가 될 수도 있다!'

나는 차마 '그래도 가고 싶습니다'라고 잘라 말할 수는 없었다. 대신 나는 히딩크 감독에게 되물었다.

"감독님 생각은 어떠세요?"

"에이전트가 보내려는 것이 아니라 네가 가고 싶다면 나는 허락하겠다."

그러나 이미 내 결심은 서 있었다. 가겠다. 가서 부딪쳐보겠다. 도전해 보지도 않고 포기할 수는 없다. 언제나 도전했고 결국 여기까지 오지 않았던가. 맨체스터 유나이티드라고 해서, 목표가 너무 크다고 해서 포기하기에는 난 너무 젊었다.

히딩크 감독과 전화 통화를 한 후 정말 많은 생각을 했다. 국내 팬들도 내 고민을 알고 있기라도 한 듯 영국으로 가라는 쪽과 네덜란드에 남으라는 쪽으로 나뉘어 인터넷에서 설전을 벌이기도 했다.

이틀 후 내 최종 결정을 기다리고 있을 이철호 사장에게 전화를 했다. 대답하기 전에 이 사장에게 다시 한 번 물었다.

"제가 맨체스터 유나이티드에 가서 과연 잘할 수 있을까요?"

수원공고 2학년 때부터 나를 보살펴주고 이끌어준 이 사장은 내게 가족과 다름없는 존재로, 어느 누구보다 나에 대해 잘 알고 있는 사람이기도 했다. 부모님과 히딩크 감독의 의견 못지않게 그의 의견도 중요했다. 이 사장은 말했다.

"성공하리라고는 아무도 보장하지 못한다. 다만 한번 찾아온 기회를 놓치면 다시는 기회가 없을지도 모른다. 네가 지금까지 했던 것처럼만 한다면 충분히 도전해 볼 만하다고 믿는다."

나는 마침내 결단을 내렸다.

"제 생각도 그래요. 히딩크 감독에게 이적하겠다고 말씀드리세요."

양쪽 구단이 이적료를 두고 작은 실랑이를 벌였지만 맨체스터 유나이티드와의 계약은 별다른 어려움 없이 성사되었다. 아쉽게도 히딩크 감독과는 이적에 관한 전화 통화 이후 만나지 못한 채 맨체스터 유나이티드로 입단하게 되었다. 그후 부모님과 함께 8월쯤 PSV 에인트호번 구단을 찾아가려 했으나 히딩크 감독이 호주 대표팀 사령탑에 오르는 바람에 그 역시 일정이 맞지 않았다.

나에게는 퍼거슨 감독을 만나는 것만큼 히딩크 감독과 좋은 모습으로 헤어지는 것도 중요했다. 내 축구 인생을 바꾸어놓은 스승 곁을 떠난다는 것은 쉽지 않은 일이었다. 하물며 그 사람이 섭섭함을 느끼지 않도록 하면서 떠나기란 더욱 어려웠다.

하지만 어렵다고 대충 넘어가려고 해서는 안 될 일이었다. 정직하게 내 생각을 말하고 떳떳하게 허락을 받고 싶었다. 만약 히딩크 감독이 맨체스터 유나이티드로의 이적을 반대했다면 왜 반대하는지 물었을 것이다. 그 이유가 타당하다고 여겨졌다면 히딩크 감독의 의견을 따랐을지도 모른다.

히딩크 감독은 내가 떠나는 것을 묵시적으로 허락했다. 어쩌면 솔직하게 내 의사를 밝혔기에 가능했던 일 아니었을까.

아버지에게
배운 것 ————————————————

2005년 6월 18일. 나와 영국 맨체스터 유나이티드와의 이적 계약이 성사되었다고 공식 발표됐다. 마음을 졸이며 계약 상황을 지켜보던 부모님은 별 탈 없이 계약이 이루어지자 그때서야 마음을 놓으셨다.

나는 PSV 에인트호번으로부터 받기로 했던 이적료의 10%에 해당하는 금액 60만 유로를 그동안 나를 보살펴준 히딩크 감독이 운영하는 히딩크 재단에 기부했다. 나중에 히딩크 감독과 PSV 에인트호번 구단이 매우 기뻐했다는 소식을 이 사장을 통해 전해 들었다.

히딩크 감독이 기뻐했다는 말을 들으니 내 마음도 흐뭇했다. 60만 유로는 내게 적지 않은 돈이다. 하지만 그동안 나를 키워준 스승에 대한 감사의 뜻과 함께 어려운 환경에 처한 축구선수와 청소년 가장들을 돕는 히딩크 감독에게 조금이나마 보탬이 되고자 흔쾌히 내놓을 수 있었다.

영국으로 출발할 날짜가 다가오자 아버지가 말씀하셨다.

"지성아, 네가 여기까지 오기 위해 얼마나 많은 것을 포기하며 노력해 왔는지 잘 안다. 이제는 네가 단 한 경기도 뛰지 못해도 엄마와 나는 걱정 안할 테니 네가 하고 싶은 대로 해라. 이 자리에 온 것만 해도 큰 성공 아니냐!"

무명 시절부터 지금까지 축구장 밖에서 나와 함께 쉬지 않고 뛰어오신 분이 아버지다. 언제나 겸손한 사람, 성실한 사람이 되기를 강조하신 아버지의 철학이 없었다면 지금의 자리까지 오기 어려웠을 것이다. 내 속에 숨겨진 적극성이나 항상 높은 곳을 향해 도전하는 열정은 아버지의 진취적인 성격을 닮았다고 스스로 생각해 오고 있었다.

그런 분이 '이제는 할 만큼 했으니 편하게 하라'고 말씀하고 계신 것이었다. 아들이 너무도 큰 도전을 앞두고 힘들어할 것을 염려하시는 아버지에게 짐짓 큰소리를 쳤다.

"아버지, 제가 성공할 수 있다고 확신하지 않았다면 맨체스터 유나이티드로 가지 않았을 거예요. 이제는 도전을 즐기면서 할 수 있으니 너무 걱정하지 마세요."

"하하하, 녀석 다 컸네."

아버지는 그제야 너털웃음을 터뜨리셨다.

이적 소식이 알려지면서 국내 언론에서는 연일 나에 관한 기사가 쏟아져 나왔다. '한국 최초의 프리미어리거' '맨유맨'이라는 제목으로 각 신문 1면에 내 이야기가 큼지막하게 실렸다. 스포츠 기사를 잘 다루지 않던 공중파 TV의 9시 뉴스들도 나의 맨체스터 유나이티드 입단을 앞다투어 보도했다.

그럴수록 나는 오히려 담담해졌다. 지금부터는 새로운 구단에서 직면할 문제들에 대해 고민해야 했기 때문이다. PSV 에인트호번에 남기로 했다면 아마도 계약 기간 동안 큰 문제 없이 주전으로 뛰며 PSV 에인트호번 서포터들의 뜨거운 응원을 받을 수 있었을 것이다.

그러나 이제는 상황이 달라졌다. 그곳에는 TV를 통해서나 보아왔던 유명한 선수들이 수두룩했다. 세계적인 선수들 사이에서 살아남아야 하는 만큼 치열한 전쟁터에 놓인 것과 다름없었다. 겁도 나고 긴장이 될 수밖에 없었다.

만약 내 인생 목표가 영국 맨체스터 유나이티드에 입단하는 것이었다면 홀가분했을 것이다. 입단 계약서에 사인하는 순간 마치 영화의 마지막 장면처럼 'The End' 타이틀이 올라가면 모든 상황은 종료. 기쁜 마음으로 발 뻗고 편안히 자는 일만 남았을 테니까.

하지만 그것은 끝이 아니라 시작이었다. 축구선수로서 나의 도전은 큰 구단으로의 이적도 아니고 많은 연봉이나 계약금을 받는 것도 아니었다. 새로운 구단에 들어가 제대로 경기에 출전하면서 진정으로 실력을 인정받는 것이었다. 아무리 많은 연봉을 받고, 큰 인기를 누릴지라도 축구선수가 그라운드에 서지 못한다면 의미가 없었다.

나는 기라성 같은 맨체스터 유나이티드의 스타 플레이어들 사이를 비집고 들어가 '박지성'이라는 이름을 베스트 11에 올리고 싶었다. 성공적으로 오랫동안 세계 톱 클래스에서 뛰면서 한국 축구선수의 기량을 세계만방에 알리고 싶었다.

내가 맨체스터 유나이티드에서 뛰는 것은 한국의 대표선수로 뛰는 것과 마찬가지다. 실패하면 한동안 세계 톱 클래스 팀에서 한국 선수

영입을 꺼려할 수도 있다. 그런 의미에서 나의 두 어깨는 결코 가벼울 수가 없었다.

입단이 확정된 이틀 후 메디컬 테스트(Medical Test : 입단 계약 전 몸 상태를 점검하기 위해 구단 측에서 실시하는 신체검사)를 위해 영국으로 향하는 비행기 안에서 생각했다.

'어차피 맨체스터 유나이티드는 내가 가진 능력을 보고 나를 데려가는 것이다. 이미 내 실력을 알고 있고 내가 어떻게 경기하는지 알고 있다. 떨 필요 없다. 가기로 한 이상 부딪쳐보자."

각오를 새롭게 해보았지만 11시간의 비행 내내 평소와 달리 좀처럼 잠을 이룰 수가 없었다.

'이번만큼은 쉽지 않겠지.'

불안감이 밀려들었다. 그러나 이미 물러설 수 없는 길로 들어섰다. 내가 선택했고 나 스스로 이겨내야 했다.

'그래, 도전이다! 새로운 도전은 늘 나를 흥분시키지. 나는 할 수 있다!'

웰컴 투
맨체스터 유나이티드! ————————

2005년 6월 27일. 맨체스터 공항에 도착한 나는 영국에 도착했다는 감회를 느낄 틈도 없이 숨가쁜 일정을 소화해야 했다. 다음날 카링턴 훈련장에서의 메디컬 테스트, 데이비드 길 사장과의 면담과 가계약을 마친 후 다시 한국행 비행기에 몸을 실어야 했기 때문이다.

마침 퍼거슨 감독은 휴가 중이라 대신 데이비드 길 사장이 우리 일행을 맞았다.

"미스터 박, 웰컴 투 맨체스터 유나이티드!"

키가 2m는 족히 되어 보이는 거구의 길 사장은 사람 좋은 미소로 나에게 악수를 청했다.

처음 접한 카링턴 훈련장은 과연 맨체스터 유나이티드가 최고 구단이라는 명성을 들을 만하다는 감탄이 절로 들게 할 만큼 최상의 시설을 자랑했다. 무엇보다 선수들을 위해 갖춰진 완벽한 시설과 시스템은 황홀할 정도였다. 16면이나 되는 훈련용 구장에다 2개 동의 은색 돔에는 라운지와 웨이트 트레이닝 시설, 의료 시설은 물론이고 실내 구장까지 빠짐없이 갖춰져 있었다.

메디컬 테스트의 대부분은 카링턴 훈련장에서 이루어졌다. 결과는 예상했던 대로였다. 내 몸 상태는 맨체스터 유나이티드에 입단하는 데 아무 문제가 없었다. 기억에 남는 것은 나의 심폐 기능을 체크한 의사의 말이었다.

"미스터 박의 심장은 거의 마라톤 선수 수준이네요. 정말 대단합니다."

나는 씩 웃으며 마음속으로 대꾸했다.

'이 심장으로 맨체스터 팬들을 깜짝 놀라게 할 테니 기대하세요.'

다음 행선지는 꿈에도 그리던 홈구장 올드 트래포드!

맨체스터 유나이티드 구단 사무실은 올드 트래포드 한편에 자리 잡고 있었다. 이미 합의된 계약서를 에이전트인 이철호 사장, 네덜란드 현지 에이전트인 치엘 데커와 함께 살핀 후 사인을 했다. 공식적인 계약식 절차는 남았지만 그날부터 나는 실질적인 맨체스터 유나이티드의 선수가 된 것이다.

계약을 마치자 데이비드 길 사장은 나와 이 사장, 한국에서 온 취재진 몇 명을 이끌고 홈구장 올드 트래포드를 안내해 주었다.

다른 구장과는 달리 유난히 턱이 높은 올드 트래포드의 그라운드, TV를 통해 퍼거슨 감독이 경기 내내 버티고 서 있는 모습을 자주 보았던 맨유의 벤치, 선수 라운지와 마사지실 등등. 내 가슴은 어느새 두근거리고 있었다.

2005년 7월 올드 트래포드 스타디움. 황홀한 맨체스터 유나이티드 입단식을 치르고 알렉스 퍼거슨 감독과
유니폼을 들고 포즈를 취했다.

'여기가 바로 내가 앞으로 뛸 곳이다. 내 고향이고, 내 안방이다!'

길 사장은 부상 선수들이 찾는 치료실 앞에서 문을 열까 말까 고민
하더니 빙긋 웃으며 말했다.

"미스터 박은 여기 올 일이 없을 테니까 건너 뜁시다."

맨유의 라커룸을 열자 뜻하지 않은 손님들이 와 있었다. 현장 수업
을 하고 있던 맨체스터 지역의 한 초등학교 학생들이었다.

길 사장은 성큼 들어가 큰 목소리로 말했다.

"여러분은 오늘 정말 행운을 잡았네요. 이 사람이 누군지 아세요?
오늘 새로 계약한 선수입니다. 박지성. 한국 선수죠. 자, 사진 찍고 싶
은 사람?"

초등학교 학생들은 분명 내가 누군지 잘 모르는 눈치였다. 그래도

멈추지 않는 도전

맨유 선수라고 하니까 쭈뼛거리면서도 사진을 같이 찍고 사인도 받았다.

우리 일행은 길 사장의 배웅을 받으며 올드 트래포드를 빠져나왔다. 호텔로 돌아가는 승용차 유리창에는 영국의 전형적인 날씨답게 빗발이 맺혀 있었다. 점점이 매달린 물방울 너머로 올드 트래포드의 전경이 눈에 들어왔다. 불끈 의욕이 솟았다.

'그래, 해보자! 들러리 설 거라면 여기 오지도 않았다.'

한국 비하 선수와의
첫 대면 ────────

2005년의 7~8월은 말 그대로 정신없이 지나갔다. 맨체스터 유나이티드로의 이적, 첫 훈련, 아시아 투어 등 쉴 새 없는 일정이 나를 몰아붙였다.

카링턴 훈련장에서 처음 동료들 앞에 섰던 때를 잊을 수 없다. 루드 반 니스텔루이가 있었고 루니, 스콜스, 페르디난드 등이 라커룸에 들어서는 내 얼굴을 일제히 바라보았다. 함께 맨유로 이적한 반 데 사르와는 이미 인사를 나눈 상태였다.

1군팀의 주무인 배리가 나를 소개했다.

"다들 알지. 박지성이야. 한국에서 왔고, 루드와 같이 PSV 에인트호번 출신이지. 앞으로 잘들 지내라구."

나는 꾸벅 인사를 했지만 어색함을 털어내지 못한 채 내 이름이 붙어 있는 라커 앞으로 갔다. 그러자 바로 옆 라커를 쓰는 페르디난드가 성큼성큼 다가오더니 큼지막한 손을 내밀며 제일 먼저 인사를 건넸다.

"난 리오야. 만나서 반갑다. 앞으로 잘 부탁해."

잉글랜드 최고의 수비수로 명성이 자자한 그는 키도 엄청 커서 한참 올려다보아야 했다. 알고 보니 그라운드 위에서는 우락부락해 보이는 페르디난드도 동료들에게는 매우 따뜻한 사람이었다. 나는 페르디난드의 손을 맞잡으며 말했다.

"반갑다. 난 박지성이야. 잘 부탁한다."

다음은 2001년 이적한 루드 반 니스텔루이 차례 . 그는 내가 PSV 에인트호번에서 뛸 당시 가끔 에인트호번 훈련장으로 찾아와 눈인사를 나누던 사이였다.

"환영해. 앞으로 함께 지낼 친구들을 소개해 주지. 여기는 주장 로이, 저기는 루니야. 이쪽은 박지성. 아, 그런데 너를 뭐라고 불러야 하지? 박? 지? 성? 어느 쪽이 좋아?"

나는 아무것이나 괜찮다고 대답했다. 어차피 내 이름을 제대로 발음하는 외국 사람은 흔치 않으니까. 그러자 페르디난도가 몇 번인가 발음해 보더니 말했다.

"지(Ji)가 제일 편한 것 같은데. 네 생각은 어때?"

물론 OK.

1군 선수들과 차례로 악수를 나누면서 그들이 나를 동료로 받아주고 있음을 느낄 수 있었다. 동양에서 온 작은 체구의 선수지만 맨유에 입단했다는 사실만으로도 그들은 서로를 인정했다. 그것이 맨유 선수들의 자긍심이었다.

'누구든 우리 팀에 온 선수는 세계 톱 클래스'라는 프라이드. 이 자신감과 긍지가 오늘의 맨체스터 유나이티드를 있게 한 것이었다.

라커룸 한쪽에 가만히 앉아 축구화를 어루만지던 스콜스와도 인사를 나누었다. 그 역시 나 못지않게 내성적인 성격이어서 긴 인사를 하지는 못했지만 따뜻하게 환영하고 있음을 느낄 수 있었다.

국내 팬들이 내가 맨유에 입단한다고 했을 때 가장 걱정했던 것이 스콜스와의 관계였을 것이다. 2002년 월드컵 직후 스콜스는 영국의 한 잡지와의 인터뷰에서 한국을 비하하는 발언을 했다. 당시 국내 팬들은 들끓었고 나도 그 사실을 잘 알고 있었다.

그러나 유럽 선수들은 일단 한 팀이 되면 가족 이상으로 여긴다는 사실을 알기에 나는 스콜스와의 관계에 대해 별다른 걱정을 하지 않았다. 더욱이 언론의 속성상 말한 사람의 의도와 다르게 전달되는 경우도 많은 만큼 그다지 신경 쓰지 않았다.

이제 스콜스와 나는 한 팀이었다. 팀의 승리를 위해 나도 그에게 패스를 해야 하고 그도 나에게 패스를 해야 한다. 우리 중 누군가가 골을 넣는다면 그와 나는 얼싸안고 기뻐할 것이다. 중요한 것은 영국 언론에 난 스콜스의 말 몇 마디가 아니라 한국이라는 나라, 한국의 축구를 그에게 제대로 알려주는 일이다. 그를 '지한파'를 넘어 '친한파'로 만들면 모든 문제가 해결되지 않겠는가.

팀 훈련은 생각보다 강도가 높았다. PSV 에인트호번의 프리시즌 트레이닝(Preseason Training : 시즌 초기나 직전의 훈련)도 녹록치 않았지만 맨유의 훈련도 만만치 않은 수준이었다. 솔직히 최고의 스타 플레이어들이 모인 클럽의 훈련이 이처럼 강하리라고는 짐작하지 못했다.

첫 일주일 동안 PSV 에인트호번보다 빠르고 체력적인 부분을 강조하는 훈련 덕분에 체중이 많이 줄 정도였다. 동료들은 누구도 이에 대해 불평하지 않았다. 그들은 프로페셔널이었고 나도 그랬다. 오기가 생겼다.

'나는 이곳에서 다시 신출내기 신세다. 눈에 띄지 않으면 기회도 없다.'

체력만큼은 자신 있었다. 영국 축구가 아무리 빠르고 거칠어도 이겨낼 수 있다고 자부했다. 그만한 자신감이 없었다면 아예 이곳을 선택하지도 않았을 것이다. 나는 이를 악물고 그라운드를 뛰었다.

세상에 뛰는 것을 좋아하는 사람이 얼마나 될까. 사람들은 나를 '산소 탱크'라 부르지만 고백하건대 나 역시 뛰는 것을 그다지 즐거워하지 않는다. 시간이 날 때도 밖에 나가기보다 집 안에서 지내는 것을 더 좋아하는 내 성격만 보아도 뛰는 것은 내 적성은 아니다.

하지만 축구는 많이 뛰어야 잘할 수 있는 경기다. 축구를 하기로 결정했다면, 뛰어야 한다. 싫어도 어쩔 수 없다. 많이 뛰는 선수는 그만큼 인정받을 것이고, 최고가 되고 싶다면 가장 많이 뛰는 선수가 되어야 한다.

집중력 높이는
세심한 관찰 ———————

입단하면서 나는 아파트 생활에서 벗어났다. PSV 에인트호번 시절 네덜란드에서 생활할 때는 에인트호번 시내 중심가에 있는 임대료가 제일 비싼 아파트에서 생활해 큰 불편은 없었다. 하지만 영국으로 옮기자 아파트보다 왠지 단독 주택 쪽으로 마음이 기울었다.

구단 측에서 보여준 집들 가운데 나는 2층으로 된 단독 빌라를 영국의 살림집으로 점찍었다. 위치는 맨유 선수들이 많이 사는 맨체스터 남쪽 윔슬로 지역이었다.

집이 정해지기 전까지 케이로즈 코치의 집을 잠시 빌려 살았다. 구단 측은 내가 집을 구할 때까지 3개월가량 호텔에서 살 수 있도록 배려해 주었다. 그러나 여러 사람들이 드나드는 곳에서 지내야 한다는 것이 싫어 케이로즈 코치의 제안을 고맙게 받아들인 것이다.

호텔은 부모님과 함께 지내기에 불편했다. 내가 먹고 싶은 음식을 어머니가 해주실 수 없고 가족끼리 지내면서 피로를 풀 수 있는 시간도 가질 수 없다. 무엇보다 원정 경기 등으로 호텔 생활을 자주 해야 하는 나로서는 훈련을 마치고 호텔로 '퇴근'하는 생활이 내키지 않았다.

현재 살고 있는 영국의 집은 아직 공개하지 않았다. 좀 폐쇄적인 구석이 있는 편인 나로서는 나만의 공간을 다른 사람에게 선뜻 내보이기 쉽지 않다. 또 네덜란드 시절 집을 공개했다가 썩 유쾌하지 않은 경험을 한 적이 있어서인지 집 공개에 대해 신중해진다.

집을 구해 옮기고 나자 부모님도 매우 만족해하셨다. 네덜란드의 일반 주택과 마찬가지로 영국의 주택들도 규모가 큰 편은 아니다. 대부분의 영국인들은 작은 거실과 부엌, 침실이 두세 개 정도인 집에서 산다.

나는 침실이 4개나 있어 부모님과 지내기에 부족함이 없는 훌륭한 빌라를 얻을 수 있었다. 필요한 시설이나 가구 등도 다 갖추어져 있고, 특히 깔끔하면서도 고풍스러운 영국식 스타일이 가장 마음에 들었다.

말이 나온 김에 구단이 선수들을 대우하고 관리하는 방식에 대해 좀 더 이야기하고 싶다. 우리나라 구단들도 앞으로 많은 팬을 확보하게 되어 이런 대우를 선수들에게 해줄 수 있었으면 좋겠다는 바람에서다.

PSV 에인트호번도 선수들을 잘 관리한다고 생각했지만 이곳에 와보니 선수 관리에 대한 개념부터 완전히 달랐다. 무엇보다 구단이 선수 위주로 생각하고 판단하는 사고방식은 최고였다.

일단 맨체스터 유나이티드 소속 선수가 되면 언론과의 인터뷰도 까다로운 절차를 따라야 한다. 구단의 이익을 위해 꼭 필요하다고 판단되지 않는 한 모든 선수의 의사가 반영된다. 악의적으로 사실을 왜곡하는 기사를 쓰는 기자나 언론 매체가 있다면 선수들은 그 사실을 구단에 통보하면 된다. 해당 기자나 언론 매체는 영원히 구단 출입이 금지된다.

구단 산하에는 여러 자회사들이 있는데, 대부분 선수들의 복지를 위해 일한다. 한 예로 구단 산하 부동산 전문 회사는 새로 영입되거나 이사를 원하는 선수에게 적당한 집을 구해주는 식이다. 선수의 집에 문제가 발생하면 회사에서 곧바로 사람을 보내준다. 하수구가 막히거나 문이 잠기는 등 아무리 사소한 일에도 전화 한 통이면 밤낮을 가리지 않고 담당자가 달려와 문제를 해결해 준다.

이밖에 선수들의 법률적인 문제를 전문적으로 처리해 주는 담당 변호사와 회계사도 있다. 그들은 수입에 대한 복잡한 세금까지 알아서 처리해 주어 선수들이 골치 아픈 일에 신경 쓰지 않고 훈련과 경기에 몰두할 수 있도록 도와준다.

카링턴 훈련장의 뛰어난 시설에 대해서는 더 말할 필요가 없을 것이다. 훈련장에 들어서면 웅장한 두 개의 은빛 건물이 눈에 들어온다. 하나는 클럽하우스고, 다른 하나는 실내 훈련장과 웨이트 트레이닝 시설을 갖춘 체육관이다. 한번 들어가면 워밍업부터 강도 높은 체력 훈련까지 모든 훈련을 할 수 있는 체육관에는 재활훈련 시설도 완비되어 있다.

클럽하우스의 식사 역시 인상적이다. 매일 뷔페 형식으로 제공되는데 내가 입단한 뒤부터는 김이 모락모락 나는 흰쌀밥을 항상 준비해준다. 밥만 먹어서는 아무래도 부족하지만 그래도 나에 대한 구단의 세심한 배려가 느껴져 식사하는 내내 마음이 흐뭇하다.

이외에도 원정 경기를 가는 동안 구단 버스 내에서 다양한 요깃거리를 제공하는 것이나 6명이나 되는 의료진이 선수들의 건강 상태를 시종 완벽하게 관리하는 것 등등. 구단이 선수들에게 제공하는 놀랍도록 자상한 부분은 한두 가지가 아니다.

의료진의 세심한 치료에 관한 일화도 있다. 동료인 긱스가 한동안 왼쪽 허벅지 근육통으로 고생한 적이 있었다. 긱스는 훈련과 경기 도중 다친 적이 없는데도 계속 허벅지에 통증이 오는 게 이상해 의료진에게 이 사실을 알렸다.

처음에는 의료진도 왜 긱스가 아픈지 알아내지 못했다. 2주일쯤 시간이 흘렀고 그동안 긱스의 생활을 다각도로 관찰한 의료진은 마침내 통증을 말끔히 고쳤다.

의료진이 밝혀낸 통증의 원인은 긱스가 새로 구입한 차 때문이었다. 당시 긱스는 고급 승용차인 애스턴 마틴을 구입했는데, 그 차는 수동 변속기 차량이어서 클러치를 계속 밟으며 변속을 해야 했다. 그것에 익숙하지 않았던 탓으로 긱스의 왼쪽 다리에 무리가 온 것이었다. 의료진은 차를 자동 변속기로 바꾸도록 했고 얼마 후 긱스의 왼쪽 허벅지 근육통은 씻은 듯이 나았다.

의료진의 선수에 대한 세밀한 관찰이 없었다면 아마 지금도 긱스는 원인 모를 통증에 시달리고 있을지도 모를 일이었다.

믿을 수 없는
개막전 엔트리 ———————

홍콩과 중국, 일본을 방문한 아시안 투어 일정이 끝나자 데뷔전 날짜가 성큼 다가왔다. 아시안 투어는 나와 동료들을 가깝게 해준 좋은 기회였다.

벨기에 안트워프에 임대된 중국 선수 덩팡저우가 있었지만 정규 엔트리 가운데는 나 혼자 아시아 선수였기 때문에 동료들은 신기한 볼거리만 있으면 나를 불러댔다. 부족한 영어로나마 동료들과 이야기를 나눌 기회가 많아지면서 자연스럽게 친해졌다.

일본 가시마 앤틀러스전에서 내가 튕겨 나오는 공을 잡기 위해 돌진하다 상대 수비수와 부딪쳐 눈두덩이가 찢어지는 부상을 입은 것도 동료들에게 좋은 느낌을 준 것 같았다. 기회를 잡으면 겁 없이 덤벼드는 내 모습이 인상적이었던 모양이다. 찢어진 눈두덩은 영국으로 돌아와서도 가끔 불편한 느낌을 주었지만 데뷔전에 대한 부담감과 기대감 때문에 금세 잊었다.

말로만 듣던 '꿈의 무대' 올드 트래포드에서의 첫 경기 날짜는 8월 16일. 상대는 지난 시즌 헝가리리그에서 우승을 차지한 데브레첸이었다. 2005~2006 시즌 UEFA(Union of European Football Associations : 유럽축구연맹) 챔피언스리그 3차 예선전이었다.

한 시즌의 첫 경기는 언제나 큰 의미를 갖는다. 첫 출발이 좋아야 선수들의 어깨에 들어간 힘이 풀리고 뒤이어 치러질 경기도 잘 헤쳐 나갈 수 있기 때문이다.

데브레첸전은 홈팬들과의 첫 만남이라는 점에서 나에게 중요한 경기였다. 이미 연습 경기와 아시안 투어에서 발을 맞추어보았지만 '진짜' 경기에서 동료들과 뛰는 것이 처음이라는 것도 내게 남다른 의미로 다가왔다.

경기를 앞두고 선발로 나갈지 벤치에 앉아 있을지는 몰랐지만 기회가 주어지면 무엇인가 보여주고 싶었다. 동양에서 온 작은 선수가 이런 경기를 할 수 있구나, 한국이라는 나라의 축구도 종주국을 자부하는 잉글랜드보다 결코 약하지 않구나, 무엇보다 박지성은 이제 당신들이 그토록 사랑하는 맨유의 선수라는 것을 영국 국민들에게 확인시키고 싶었다.

"후반에 넣을 테니 준비하고 있어."

시합 직전 퍼거슨 감독의 입에서 떨어진 지시에 안도의 한숨을 내쉬었다. 처음부터 선발로 뛸 수 있으리라는 기대는 별로 하지 않고 있었다. 오랫동안 호흡을 맞추어온 기존 선수들 간의 팀워크가 있어 새로 들어온 선수가 시즌 첫 경기에 선발로 나서는 경우는 드물었다. 교

2005년 7월 가시마 앤틀러스전서 눈두덩이 찢어지는 부상을 입었지만 동료들에게 후한 점수를 받는 계기가 되었다.

체 출전이면 충분하다고 생각했다.

'단 5분이라도 내가 가진 것을 보여주겠다.'

데브레첸전은 의외로 쉽게 풀렸다. 상대는 기대보다 약했다. 전체적으로 체격 조건은 좋았지만 치밀함이 떨어졌다. 반면 맨유는 명성대로 침착했고 세련되었다. 특히 반 니스텔루이의 득점 감각이 좋아 보였고 다른 동료들의 움직임도 첫 경기치고는 안정적이었다.

후반전이 시작되자마자 퍼거슨 감독으로부터 위밍업 명령이 떨어졌다. 터치라인을 따라 몸을 풀면서 동료들의 움직임을 관찰했다. 사방에서 마치 환희의 찬가처럼 울려퍼지는 팬들의 응원가가 내 온몸을 감싸왔다.

잉글랜드에서 축구 경기는 선수와 팬들이 하나 되어 만들어내는 쇼나 마찬가지이다. 선수들이 무대 위에서 화려한 기술과 불타는 투지로 드라마를 펼친다면, 그라운드를 빼곡히 둘러싼 관중들은 응원가와 몸짓으로 엄청난 에너지를 발산하며 거대한 쇼의 배경음악과 무대장치 역할을 한다. 그래서 맨유의 홈구장 올드 트래포드를 '꿈의 무대(Theater of Dream)'라고 하지 않던가.

드디어 올드 트래포드에 첫발을 내딛는 순간 전설처럼 들어왔던 숱한 표현들이 너무도 정확히 맞아떨어진다는 느낌이 들었다. 감동과 전율! 맨유의 빛나는 전통과 수많은 우승 트로피도 6만8000여 관중이라는 거대한 오케스트라의 협연이 없었다면 불가능하지 않았을까.

'이제 나도 이 거대한 쇼의 일부분이 되는구나.'

후반 22분, 올드 트래포드 특유의 턱이 높은 그라운드 위로 올라서는 내 머릿속에는 쇼를 즐길 수 있는 충분한 에너지로 넘쳐나고 있었다.

데브레첸전이 끝난 4일 후는 에버튼과의 EPL(England Premier League : 잉글랜드 프리미어리그) 개막전이 기다리고 있었다. 에버튼전을 준비하는 팀 분위기는 데브레첸전과 사뭇 달랐다.

유럽의 어느 축구팀이나 가장 중요하게 꼽는 것은 자국 리그의 성적이다. 유럽 축구팬들은 챔피언스리그와 국가대표팀 간의 국제 경기에도 열광하지만 무엇보다 자국 리그 결과에 목숨을 건다. 자국 리그에서 성적이 부진하면 다른 어떤 대회에서 높은 성적을 거두어도 좋은 평가를 받기 힘들기 때문이다.

상황이 그런 만큼 에버튼전이 벌어지는 구디슨 파크의 라커룸에는 긴장감이 흘렀다. 리그 개막전이었고 상대는 맨체스터 지역과 라이벌인 리버풀을 연고로 하는 에버튼. 지난 시즌 돌풍을 일으키며 맨유에 이어 EPL 4위로 시즌을 마감한 강팀이었다.

작전 지시를 내리는 퍼거슨 감독의 목소리도 고조되어 있었다. 선수들은 하나같이 말이 없었다. 4-3-3 포메이션이 그려진 전술도를 벽에 걸고 퍼거슨 감독은 선발 선수 이름을 한 사람씩 불렀다.

나는 느긋한 마음으로 감독의 얼굴을 쳐다보고 있었다. 그 순간 밀을 수 없는 일이 일어났다. 내 이름이 선발 엔트리에 불린 것이었다.

반 니스텔루이, 루니, 그리고 내가 그날 맨유의 스리톱이었다. 기대하지 않은 예상 밖의 일이었다. 긱스가 흉부 감염으로 빠져 있다고 해도 호나우두가 있었기 때문에 이적한 지 채 1개월도 되지 않은 나에게까지 기회가 돌아오지는 않을 것이라고 생각했다.

내 이름이 불리는 순간 가슴이 두근거리기 시작했다. 새로운 팀에서, 그것도 리그 개막전에서 선발 멤버에 포함된 사실을 안 순간 흥분하지 않을 선수가 누가 있겠는가. 잠시 숨을 가다듬었다. 긴장된 모습을 동료들에게 보이기 싫었다. 마음을 가라앉히기 위해 큰 경기에 임하기 전이면 언제나 되뇌는 나만의 주문을 외웠다.

'내가 이 경기장에서 최고다. 이 그라운드에서는 내가 주인공이다. 여기 22명의 선수가 있지만 나보다 나은 녀석은 아무도 없다.'

평소 내 성격을 아는 사람이라면 이런 주문이 다소 의외일 것이다. 수줍음이 많고 내성적인 편이지만 경기에 들어가기 전에 나는 마인드 컨트롤을 통해 자신감을 충전한다.

그라운드에서 좋은 플레이를 하기 위해 축구선수에게 무엇보다 필요한 것은 자신감이다. 자신감이 없으면 아무리 뛰어난 선수라도 절대 기량을 마음껏 펼칠 수 없다. 엄청난 야유가 난무하는 유럽의 원정 경기에서는 더욱 그렇다.

'나 자신의 능력을 믿어야 한다. 그래서 멈추지 않는 도전을 계속해야 한다.'

네덜란드에 진출한 첫 해인 2003년, 이것은 부상과 슬럼프로 허우적대면서 홈팬들까지 야유를 보내는 처절함 속에서 내가 깨우친 사실이었다.

그 뒤 나는 언제나 경기장에 들어서기 전에는 '내가 최고다!'라는 주문을 외웠다. 효과는 만점이었다. 터질 것같이 고동치던 심장도 어느새 고른 박자를 내기 시작하고 주문을 외면 외울수록 또렷하게 정신이 집중되는 효과까지 있었다.

EPL 데뷔전에서의 경기 내용을 스스로 평가해 보자면 80점 정도를 주고 싶다. 결정적인 골 찬스를 놓쳤고 크고 작은 실수도 몇 차례 있었다. 하지만 크게 낙심할 정도는 아니었다.

케이로즈 코치가 전반 중반, 나를 터치라인으로 불러내 말했다.

"너를 막고 있는 에버튼의 수비수가 바짝 얼었다. 강하게 밀어붙여라."

코치의 격려 덕분인지 기대보다 괜찮은 데뷔전을 치렀다.

경기를 마치고 집으로 돌아와 침대에 누웠다. 문득 모든 것이 꿈만 같았다. 수원의 세류 초등학교에서 축구를 시작하던 시절이 떠올랐다. 중고교 시절, 볼은 좀 차지만 키가 작다는 소리를 들었던 기억도 새로웠다. 그러던 내가 어느새 맨유의 유니폼을 입고 데뷔전을 치른 것이다.

하지만 나에겐 더 높은 '꿈'이 있었다. 맨유에 온 것, 성공적인 데뷔전을 치른 것이 전부는 아니었다.

언젠가 가장 성공적인 선수가 되는 것. 그 순간까지 즐겁게 축구를 하는 것, 그것이 진정 내가 이루고 싶은 '꿈'이다.

준비하면
언제든 기회는 온다 ──────

    나의 맨유 입단이 결정된 직후부터 포지션 경쟁을 두고 무수한 기사가 나왔다. 포지션마다 세계적인 선수들이 포진해 있는 맨유에 입단했기 때문이었다.

    퍼거슨 감독이 내 자리로 처음 점찍은 자리는 좌우 윙 포워드. 그곳에는 '왼발의 마법사'라는 라이언 긱스와 '축구 신동' 크리스티아누 호나우두가 버티고 있었다. 낙관적이기보다 비관적인 기사가 많은 것도 어찌 보면 당연했다.

    내가 과연 긱스나 호나우두를 제치고 선발로 나설 수 있을지를 두고 엇갈리는 전망들을 내놓았다. 하지만 내 생각은 처음부터 좀 달랐다. 준비된 선수에게 언제든 기회는 온다는 믿음으로 축구를 해온 나였다. 포지션이 어디든 내 역할을 충실히 하면 기회가 올 것이고, 그 기회를 잡기 위해 최선을 다하면 또 다른 기회가 주어질 것이다. 그러다 보면 어느 순간 주전이 되어 있으리라는 것이 내 소신이었다.

물론 경쟁 상대는 대단한 선수들이다. 아쉽게도 한창 전성기를 구가할 때 긱스의 경기를 보지 못했지만 그의 명성은 익히 알고 있었다. 하지만 32세라는 나이에도 훈련장이나 경기에서 보여주는 그의 모습은 '왼발의 마법사'라는 명성에 추호도 부족함이 없었다.

크리스티아누 호나우두 역시 긱스 못지않은 선수다. 호나우두가 가진 재능은 20세의 나이 어린 선수를 왜 맨체스터 유나이티드라는 거대 구단이 비싼 몸값을 주고 사들였는지만 보아도 알 수 있다.

하지만 어떤 선수도 완벽할 수는 없는 법. 나 또한 쟁쟁한 그들이 가지지 못한 어떤 것을 가지고 있지 않을까. 지금 당장은 가지고 있지 못하더라도 나만의 무엇인가를 만들 수 있는 가능성이 있지 않을까. 만약 그런 점이 전혀 없었다면 맨유라는 거대 구단에서 나를 스카우트할 이유가 없지 않은가.

그렇다면 나에게도 기회가 주어질 것이다. 내가 가진 무엇인가를 보여줄 기회, 나의 가능성을 실제 능력으로 키울 수 있는 기회 말이다.

단 조건이 있었다. 그 전에 모든 준비가 되어 있어야 했다. 퍼거슨 감독이 내 능력과 가능성이 어느 정도인지 보기 원했을 때 만반의 준비가 되어 있어야 했다. 결국 누구와의 포지션 경쟁보다 나와의 경쟁에서 이겨야 한다는 점이 중요했다.

처음 맨유 유니폼을 입기로 했을 때 포지션 경쟁과 함께 등번호도 관심을 끌었다. 지금 내 등에는 13번이 달려 있다. 축구선수에게 등번호는 개인에 따라 큰 의미가 있기도 하고 그렇지 않기도 하다. 선수가 어떤 뜻을 부여한다면 등번호는 큰 의미를 갖는다. 그러나 단순히 팬들이 선수를 구별하는 번호로만 생각한다면 그냥 등에 달린 번호일 뿐이다.

나는 7번을 가장 좋아한다. 어린 시절부터 선호해 온 등번호는 7번과 14번이었다. 21번은 월드컵에서 달고 뛴 이후부터 좋아졌다.

맨유에서 7번은 오랜 역사와 전통을 가진 번호다. 지난해 고인이 된 조지 베스트와 맨유의 전설 에릭 칸토나, 데이비드 베컴 등이 모두 7번을 달았다. 현재는 크리스티아누 호나우두가 달고 있다.

개인적으로 호나우두는 충분히 7번을 달 만한 잠재력을 가진 선수라고 생각한다. 22세의 나이에 세계 최고의 스타 플레이어 중 한 명으로 인정받고 있다는 사실만으로도 그렇다.

물론 나도 7번을 달고 싶었다. 그러나 이미 동료 중 한 명이 달고 있는 번호를 탐내고 싶은 마음은 없었다. 퍼거슨 감독에게 21번을 달겠다고 요청했다. 마침 21번이 비어 있었다.

퍼거슨 감독은 왜 그렇게 뒤쪽 번호를 달려고 하느냐며 13번을 권했다. 13번은 중학교 시절 경기도 내 4개 대회에서 우승하며 득점상을 받았을 때의 등번호였다. 그러고 보니 등번호 13번도 나와 인연이 깊은 셈이었다. 나는 흔쾌히 퍼거슨 감독의 제안을 받아들였다.

개인 플레이,
팀 플레이 ─────────────

데뷔골을 처음 넣기까지 나는 4개의 어시스트를 기록했다. 첫 어시스트와 두 번째 어시스트는 2005년 10월 1일 풀햄과의 경기에서 나왔다.

그날 경기에서 우리는 먼저 상대에게 첫 골을 내주었다. 이어서 내가 페널티킥을 유도해 동점을 만들었다. 얼마 뒤 나의 첫 번째 어시스트가 나왔다. 긱스의 패스를 미드필드 중앙에서 받자마자 상대의 일자수비를 뚫고 들어가는 루니의 움직임이 내 눈에 들어왔다. 더 이상 생각할 필요도 없었다. 루니라면 골을 넣어줄 것이 확실했기 때문이다.

나는 곧바로 루니를 향해 스루패스로 찔러주었다. 내 발을 떠난 공은 수비수들 사이를 가르더니 루니의 발 앞까지 무사히 연결되었다. 기대한 대로 루니는 세 발자국 정도 전진해 그대로 역전골을 터뜨렸다. 순간 경기장 안으로 쏟아지는 뜨거운 함성!

내가 골을 넣은 것만큼이나 기뻤다. 루니의 골은 우리 팀의 전세를 뒤집는 골이었고, 나에게는 잉글랜드 프리미어리그에서의 첫 번째 공격 포인트이기도 했다.

두 번째 어시스트는 상대의 프리킥에 동점 골을 허용한 후였다. 이번에는 루니가 풀햄의 일자수비 라인 오른쪽을 돌아 들어가는 나에게 스루패스로 연결해 주었다. 앞에는 골키퍼밖에 없었고 약간 뒤처져 들어오는 동료 반 니스텔루이가 보였다.

골을 향해 전진하다가 슈팅 모션으로 골키퍼의 주의를 빼앗으며 골문 정면으로 달려들어가던 반 니스텔루이에게 패스했다. 골키퍼가 나를 향해 뛰어나온 사이 반 니스텔루이는 텅 빈 골문에 간단히 슛을 성공시켰다. 그 골은 우리 팀을 승리로 이끌었다.

나의 두 번째 어시스트를 보고 나서 팬들 사이에서는 말이 많았다. 그대로 밀어붙여 슈팅이라도 한번 해보지 아쉽다는 것이었다. 나도 골 욕심은 있었다. 그때까지 데뷔 골을 기록하지 못한 내 입장으로서는 누구보다 빨리 골을 넣고 싶은 것이 솔직한 심정이었다.

하지만 축구는 혼자서 하는 경기가 아니다. 내가 골을 넣는 것도 중요하지만 팀의 승리가 훨씬 더 중요하다. 내가 아무리 골을 많이 넣어도 나의 이기적인 경기로 인해 팀이 승리하지 못한다면 훌륭한 선수가 될 수 없다. 축구는 팀의 일원으로서 선수를 평가하는 스포츠이다. 선수가 골을 넣는 것보다 팀이 경기에서 승리하는 것이 더 우선이다.

골문 앞에서 나는 언제나 나보다 더 골을 넣기 좋은 위치에 있는 동료가 있는지 살핀다. 내가 슛을 날리는 것보다 더 유리한 곳에 자리를 잡고 있는 동료가 있다면 패스를 해서 우리 팀이 승리할 수 있도록 하

루니의 환상적인 골에 스미스, 바슬리, 로시 등 동료들과 함께 기쁨을 나누는 모습.

기 위함이다. 물론 나의 판단이 때로는 틀릴 수도 있다. 하지만 축구는 '실수의 게임(Game of Error)'이니 그마저도 경기의 일부분일 것이다.

맨유로 이적한 후 내가 데뷔 골을 터뜨릴 때까지는 오랜 시간이 필요했다. 아스톤 빌라와의 두 차례 경기에서 골포스트와 크로스바를 한 번씩 맞추기도 했고, 확실한 찬스에서 날린 슛이 골키퍼에게 막히기도 여러 번이었다.

그러나 다른 누구보다 애가 탄 사람은 바로 나 자신이었다. 공격수로 뛰고 있는 나는 첫 골에 목말랐다. 할 수만 있다면 한 골이 아니라 많은 골을 넣고 싶었다. 게다가 수비수인 페르디난드까지 골을 성공시키는 마당에 명색이 공격수인 내가 골을 넣지 못하고 있다는 사실은 큰 부담이 되었다.

다행히 버밍엄 시티전에서 첫 골을 터트린 후 여러모로 홀가분해질 수 있었다. 아직 한 골을 넣은 것에 불과했지만 심리적으로는 큰 도움이 되었다.

2006년 2월 5일 풀햄전에서는 영국 맨체스터 유나이티드에서의 두 번째 골이자 나의 프리미어리그 첫 번째 골이 터졌다. 바로 전 주말에 블랙번과의 경기에서 3 대 4로 아깝게 지고 난 후여서 반드시 이겨야 하는 경기였는데 내가 전반 6분 만에 골을 성공시켜 좋은 출발이 되었다.

게리 네빌의 패스를 받아 가볍게 슈팅한 것이 수비수 몸을 맞고 꺾이며 골이 되었다. 올드 트래포드에서의 첫 골이었다.

골을 넣은 후 귓전을 때리는 서포터들의 함성과 노랫소리! 올드 트래포드에서의 골이라 더욱 특별했다.

어떤 팬이 보내온
편지 ————————————

팬이 있기에 내가 있다. 팬이 없다면 그저 동네에서 취미로 공을 차는 사람과 다를 바 없을 것이다.

한국의 팬들 덕택에 나는 카링턴 훈련장에서 부러움의 대상이 되고 있다. 팬들은 거의 매일 내게 갖가지 선물이 든 소포와 따뜻한 마음이 실린 팬레터를 보내준다. 소포 안에는 나에게 어울릴 것 같다며 부쳐준 스웨터도 있고 먹고 힘내라며 보내준 초콜릿과 사탕, 한국 과자들도 있다. 친구들과 함께 찍은 스티커 사진을 커다란 종이에 모아 보내준 소녀팬, 내 얼굴을 아주 깔끔한 솜씨로 그려 보내준 미술을 전공하는 팬 등 아이디어 가득한 선물에 놀랄 때가 한두 번이 아니다.

이처럼 커다란 소포 꾸러미가 날마다 날아오는 선수는 맨유에 나밖에 없다. 모두들 내로라하는 세계적인 선수들이지만 영국 팬들은 팬레터를 보내는 정도가 고작이다.

2005년 수원 월드컵 경기장 내 월드컵 기념관 박지성 코너에 전시될
축구화에 사인하는 모습.

선수들에게 팬레터를 전해주는 일을 하는 캐시 아주머니(아마 우리 어머니보다 훨씬 나이가 많으실 것이다. 캐링턴 클럽하우스 입구에 앉아 계신데 따뜻한 미소가 나를 기분 좋게 한다)는 나에게 소포 꾸러미를 전해줄 때마다 놀리곤 한다.

"이 안에 혹시 폭탄이라도 든 거 아냐? 도대체 어떻게 매일 선물이 배달될 수 있지? 지성 군은 한국에서 인기가 정말 대단한가봐."

호나우두나 반 니스텔루이 등도 훈련을 마치고 내가 소포 꾸러미를 가슴 가득 안고 차에 타는 모습을 보면 입을 쩍 벌리기 일쑤다.

"또 왔어? 너 정말 대단하다. 한국에서 마이클 잭슨 같은 존재 아냐?"

소포 속에 든 선물도 선물이지만 편안한 자세로 앉아 팬들의 따뜻한 마음이 담긴 팬레터를 읽노라면 훈련과 경기의 피로가 어느새 말끔히 사라지곤 한다.

한번은 어떤 꼬마팬으로부터 이런 편지를 받은 일이 있다.

'지성이 형은 경기에 나가지 못할 때면 무슨 생각을 해요? 벤치에 그냥 앉아 있으면 슬플 것 같은데.'

멈추지 않는 도전

꼬마팬에게 직접 답장을 하지는 못했다. 이 자리를 빌려 대답을 하자면 나는 하나도 슬프지 않다. 만약 나에게 맨유의 주전으로 뛸 수 있는 기회가 아예 없다면 그때는 슬플 것이다. 그라운드에 서지 못하는 축구선수만큼 쓸모없는 존재는 없을 테니까. 하지만 지금 상황은 그렇게까지 나쁘지는 않다.

맨체스터 유나이티드라는 팀에 익숙해지고 적응해 가는 만큼 퍼거슨 감독이나 동료들도 나에 대해 조금씩이나마 믿음을 가지기 시작했다고 스스로 느끼고 있기 때문이다.

그렇다면 몇 경기 벤치에 앉아 있다고 해도 슬퍼할 이유가 없다. 모든 경기를 뛰면 좋겠지만 유난히 경기수가 많은 영국에서는 불가능한 일이다. 10분을 뛰건 전 경기를 뛰건 팀의 승리를 위해 최선을 다한다면 그것으로 만족할 수 있다. 그렇게 한 발자국씩 전진하면 된다.

이만하면 꼬마팬의 걱정 어린 편지에 답이 되었을까?

강철 체력은
어머니가 차려준 식탁에서 —————

영국에서의 내 생활은 단조롭다. 네덜란드 시절과 별로 바뀐 것이 없다. 훈련과 경기, 잠시 동안의 휴식이 생활의 전부이다시피 하다. 오히려 PSV 에인트호번 때보다 경기수가 훨씬 많아져 개인 생활이 거의 없다고 할 정도다.

이렇게 지내다 보니 진한 러브 스토리 한번 만들어보지 못하고 서른을 훌쩍 넘겨버리면 어떻게 하나 이따금 걱정이 되기도 한다.

훈련과 경기가 없는 동안 내가 하는 일이라고는 인터넷 서핑과 책 읽기, 비디오 게임이 고작이다. 인터넷 서핑은 축구 관련 사이트와 국내 뉴스를 보는 데 많은 시간을 할애한다. 경기 후 내 모습에 대한 반응을 살피기도 한다.

가끔 국내 방송사의 프로그램을 다운로드해 보기도 한다. 국가대표 팀에 합류했을 때 유행에 뒤떨어지지 않고 적당히 맞장구를 쳐주려면 이 정도 노력은 기울여야 하기 때문이다.

책은 닥치는 대로 읽는 편이다. 달라이 라마의 〈행복론〉에서부터 〈다빈치 코드〉 같은 추리소설류, 수필과 축구 관련 서적까지 손에 잡히는 대로 읽는다.

비디오 게임은 내가 오랫동안 즐겨온 스트레스 해소 수단으로 물론 축구 게임을 가장 열심히 한다. 게임 속의 나를 직접 조종하거나 맨유로 게임을 할 때면 더할 나위 없이 즐겁다.

월드컵 대표팀에 합류하지 못하고 있는 형편상 국가대표팀 평가전을 인터넷을 통해 지켜보며 동료들의 움직임이나 아드보카트 감독의 전술을 눈으로나마 익히는 작업도 내 주요 일과다.

그라운드 밖에서 국가대표팀 경기를 지켜보면 나도 똑같이 팬의 입장이 된다. 후배들의 경기 모습을 보며 혼자 감탄하기도 하고 골 찬스를 놓치는 대목에서는 침대에 쓰러지며 아쉬운 탄성을 내지르기도 한다. 나 역시 어쩔 수 없는 축구팬인 모양이다.

영국은 유럽에서 음식이 형편없기로 정평이 나 있는 나라다. 하지만 내 입맛에는 그렇게까지 나쁘지는 않은 것 같다. 영국 음식을 접할 기회라고 해봐야 구단 훈련장에서 먹는 점심식사와 원정 경기를 갔을 때 정도인데 아직까지 그런 대로 먹을 만하다. 물론 내가 좋아하는 메뉴는 스파게티처럼 '세계화'된 음식이지만.

영국 하면 떠오르는 '피시 앤 칩스(Fish and Chips : 명태나 대구를 튀겨 감자튀김과 곁들인 서민적 요리)'도 가끔 먹는데 생선을 워낙 좋아하는 식성이어서 크게 거부감은 없다.

평소 어머니가 해주시는 음식으로 아침과 저녁식사를 하기 때문에 음식만큼은 한국에 있을 때와 다른 점이 거의 없다. 중학교를 다니던 시절, 반찬가게를 했을 정도로 음식 솜씨가 뛰어나신 어머니는 구할 수 있는 재료가 한정되어 있는 영국에서도 언제나 감격스러울 정도로 맛있는 메뉴로 식탁을 꾸며주신다.

그다지 많이 먹는 편이 아니지만 어머니가 해주시는 반찬 앞에서는 자칫 과식을 하기 일쑤여서 늘 조심하는 편이다. 다음날 훈련에 차질이 생기면 곤란하니까. 그래도 어머니가 차려주시는 밥상의 유혹을 떨쳐버리기란 쉬운 일이 아니다.

운동선수들이 자주 먹는다는 보양식은 썩 즐기는 편이 아니다. 학창 시절 키가 자라지 않아 부모님이 어렵게 구해오신 개구리를 약으로 만들어 먹은 적은 있지만 다른 선수들처럼 철마다 보양식을 챙겨 먹지는 않는다.

영국에서도 마찬가지다. 하루 세끼를 맛있게 꼬박꼬박 챙겨 먹는 것이 으뜸가는 보약이라고 나는 믿고 있다. 부모님도 나의 고집에 요즘은 일부러 보양식을 챙기지는 않는다.

해외에서
빨리 친해지는 법 ————————

해외에서 선수 생활을 하기 위해서는 그 나라 언어를 배우는 것이
필수다. 흔히 축구는 만국 공통어라는 이야기를 한다. 맞는 말이다. 그
라운드 위에서는 어차피 언어를 통해 의사표현을 하기란 쉽지 않다.
올드 트래포드 같은 경기장의 6만 관중이 내지르는 함성 속에서 아무
리 큰 소리로 고함을 친다 해도 10m 이상 전달되지 않는다.

하지만 그라운드를 벗어나면 그 나라 말을 한다는 것이 꽤 중요해
진다. 국제화된 리그라고 하더라도 팀의 대부분은 그 나라 선수들로
구성되게 마련이다. 말을 해야 동료들과 친해질 수 있고, 그들과 가장
빨리 친해지는 방법은 그들의 언어로 대화하는 것이다.

일단 말이 되어야 식사도 함께 할 수 있고 농담도 장난도 가능하다.
언어가 통하지 않으면 영원한 이방인으로 취급받을 수밖에 없다. 네
덜란드에서도 꾸준히 해왔지만 맨유로 이적한 뒤부터 나는 부쩍 영

어 배우기에 관심과 노력을 기울이고 있다. 일주일에 두세 차례씩, 한 번에 두 시간가량 과외수업을 받는다.

영어는 생각보다 재미있다. 어느 수준 이상으로 언어를 구사하지 못하면 입을 잘 떼지 않는 성격이지만 어제 공부한 문장을 오늘 동료들과의 대화 도중 알아들으면 내심 묘한 흥분을 느끼곤 한다.

네덜란드 시절부터 영어 공부를 시작한 덕분인지 이제 웬만한 의사소통은 가능하다. 꼭 하고 싶은 말, 반드시 이해해야 하는 말이 막히는 경우는 거의 없다.

하지만 스코틀랜드 출신인 퍼거슨 감독의 말은 정말 알아듣기 힘들다. 영국에서는 북쪽 지방으로 갈수록 문장의 끝 억양이 묘하게 바뀌는 경향이 있다고 한다. 게다가 '영국식 영어'의 또박또박한 발음이 어느 부분에는 살아 있고 어느 부분에서는 사라지는 식이어서 도무지 종잡을 수가 없다.

처음 영국으로 올 때 통역을 쓸지 구단과 상의하는 자리에서 나는 그냥 부딪쳐보겠다고 했다. 이곳에서 살아남으려면 영어를 빨리 배우는 것이 유리하기 때문이다. 그렇다면 통역을 써서 잠시 편하기보다는 더듬거리는 영어나마 내가 직접 부딪치며 배워 나가는 편이 훨씬 빠를 것 같았다.

하지만 퍼거슨 감독과의 첫 대면 후 영어를 정복하고 말겠다는 나의 열의는 회의에 빠지고 말았다. 감독은 나를 배려하느라 나름대로 또박또박 발음하려고 노력하는 듯했지만 나로서는 도무지 알아듣기 힘들었다. 그저 눈치로 반쯤 이해했을까.

내가 잘 이해하지 못하겠다는 표정을 짓자 이번에는 퍼거슨 감독이 같은 말을 되풀이하면서 자기 의사를 전달하려고 노력했지만 역시 쉽지 않았다. 다음, 그다음 만남에서도 마찬가지였다. 결국 퍼거슨 감독은 일단 천천히 말을 한 뒤 내가 알아듣지 못하는 눈치면 인내심을 가지고 몇 번이고 반복해 말했다.

아시안 투어 경기 전 위밍업을 하고 퍼거슨 감독 앞을 지나 라커룸으로 향하고 있다.

감독의 이런 배려가 황송해 그의 말을 알아들으려고 굉장히 노력했다. 하지만 퍼거슨 감독의 스코틀랜드 억양은 번번히 나를 좌절시키곤 했다.

하루는 반 니스텔루이와 영어에 대해 이야기할 기회가 있었다. 네덜란드 사람들은 대부분 모국어 이외에도 독일어와 영어를 능숙하게 한다. 네덜란드어가 독일어나 영어와 비슷하기도 하지만 어릴 때부터 언어에 대한 조기 교육을 철저히 한 덕분이라고 한다.

내가 보기에는 영어를 상당히 능숙하게 구사하는 반 니스텔루이마저 퍼거슨 감독의 독특한 스코틀랜드 억양에는 두 손 다 든 모양이었다.

"Ji, 너 보스 이야기 모두 알아들어?"

"아니, 굉장히 어려워. 너무 빠른데다 대충 굴려서 하는 것 같아 영어 실력이 부족한 나로서는 역부족이야."

"Ji, 걱정 마. 나도 알아듣기 힘들 때가 많으니까. 영국 북부 지방 사람들과 스코틀랜드, 아일랜드 사람들은 제각기 독특한 억양을 가지고 있어서 런던 사람들조차 잘 알아듣지 못한대."

"그래? 난 또 나만 못 알아듣는 줄 알았네."

"하지만 영어 공부는 열심히 해야 돼. 영어로 말할 줄 아는 건 매우 중요해."

반 니스텔루이와 대화를 나눈 후로 퍼거슨 감독의 말을 제대로 이해하지 못해 받았던 스트레스는 상당 부분 사라졌다. 스트레스가 없어지니까 요즘은 오히려 이해가 더 잘되는 것도 같다. 아직도 퍼거슨 감독이 "다 알아들었어?"라고 물으면 "네, 물론이죠" 하고 거짓말도 가끔 하지만.

어쨌든 영어는 영국, 아니 세계 무대에서 꿈을 펼치기 위해서는 꼭 필요하다. 하루라도 먼저 영어 공부를 시작하지 못한 것이 후회되지만 지금이라도 기회를 잡았으니 될 수 있는 한 많이, 열심히 해보려 한다. 영어와의 전쟁에서 이기지 못하면 언젠가는 세계 최고의 스타 플레이어 중 한 사람이 되리라는 나의 소중한 꿈도 그만큼 멀어질 테니까 말이다.

반 니스텔루이와
매운 김치

맨유 선수들 가운데 내가 제일 스스럼없이 대하는 사람은 아마도 루드 반 니스텔루이일 것이다. 그는 정말 신사다. 그라운드 위에서는 마치 맹수처럼 움직이고 때로는 상대에게 거친 반칙도 주저하지 않지만 그것은 어디까지나 프로로서의 직업 정신에서 나온 행동일 뿐이다. 평소에는 조용한 말투와 온화한 웃음, 항상 겸손한 태도 등 한마디로 인간성이 최고인 형님이다.

꽤 낯을 가리는 편인 나는 맨유에 합류한 뒤 어디서부터 적응을 해 나가야 할지 막막하기만 했다. 그때 반 니스텔루이는 이런 나의 고민을 말끔히 풀어주었다.

PSV 에인트호번에서 같이 뛰었다는 인연으로 반 니스텔루이는 라 커룸에서 내게 동료들을 일일이 소개해 주며 선배 몫을 톡톡히 했다. 훈련장에 나가서도 그는 내 옆을 한시도 떠나지 않으며 모든 것이 낯선 나를 도와주었다.

　몸을 풀기 위해 그라운드를 돌 때면 어느새 곁으로 다가와 "어디서 살 생각이냐?" "네덜란드에서처럼 부모님도 계속 같이 사실 거냐?" "차는 어떤 것으로 살 생각이냐?" "영어 공부는 어떻게 할 거냐?" 등등 끊임없이 말을 붙이며 내가 낯설어하지 않도록 신경 써주었다.

　그뿐이 아니었다. 그는 우리 한국 음식과 문화에도 관심을 나타내 며 진한 우정을 보여주었다.

　"시내에 있는 한국 식당에 한번 같이 가자. 부모님이 맨체스터에 오 시면 집으로 초대해 주면 정말 기쁘겠다. 부모님이 요리한 전통 한국 음식을 맛보고 싶거든."

　반 니스텔루이의 말에 그러겠다고 약속은 했지만 사실 속으로는 그냥 인사치레겠거니 생각했다. 네덜란드 사람들은 외국 문화에 매우 개방적이지만 아무래도 유럽인이다 보니 맵고 짠 한국 음식을 소화 하기에는 무리가 있을 것 같았다.

　하지만 그로서는 나름대로 진지한 요청이었던 모양이었다. 어느 날 훈련을 마치고 집으로 가려는 나를 불러 세우더니 대뜸 물었다.

　"Ji, 오늘 저녁에 뭐해?"

　"그냥 매니저와 함께 한국 식당에나 가볼까 하는데."

　"그래? 같이 가도 돼? 아내가 네덜란드에 갔거든. 저녁 해결하려면 어디든 식당에 가야 하는데 이 기회에 한국 음식 한번 맛보고 싶다. 반 데 사르도 아내가 오늘 집을 비웠어."

　"좋아, 저녁에 만나자."

　그날 저녁 맨체스터 시내의 한국 식당에 아버지, 매니저와 함께 앉

2005년 8월 맨체스터의 한 식당에서 네덜란드 출신 동료들과 식사를 함께했다.
좌부터 아버지, 반 데 사르, 매니저, 반 니스텔루이와 나.

아 있으니 반 니스텔루이가 나타났다. 식당 안에 있던 사람들은 대부분 중국인이었다. 반 니스텔루이에 이어 키가 2m는 족히 되는 반 데 사르가 등장하자 모두들 눈이 휘둥그레졌다.

우리는 불고기와 닭강정, 해물파전 등을 주문해 맛있게 먹었다. 김치 먹기를 시도하다 얼굴이 갑자기 빨개져 물을 연거푸 두 컵이나 들이켜는 반 니스텔루이를 보면서 배꼽을 잡고 웃기도 했다.

그후 반 니스텔루이와 더욱 친해져 필요한 물건이 있으면 쇼핑도 함께 다닐 만큼 스스럼없는 사이가 되었다. 다른 문화를 배척하지 않고 오히려 존중하는 그의 정신적인 여유에 존경을 보낸다.

생각의 호흡,
육체적 호흡 ————————

맨유에 첫발을 디뎠을 때 한국 팬들이 스콜스와 나의 관계에 대해 우려했던 것과는 달리 우리 가족과 매니저 사이에서 최대 관심 인물은 웨인 루니였다.

엄청난 재능을 갖춘 영국의 영건인 루니는 성격 또한 불같기로 유명했다. 평소에 조용한 성격인 내가 좌충우돌 스타일의 루니와 어떤 관계를 맺을지 가족들은 걱정 반, 기대 반이었던 모양이다.

나와 루니는 우연한 기회에 가까워지기 시작했다. 맨유에 입단한 지 2개월쯤 지났을 무렵, 훈련을 끝내고 주차장으로 향하는 내게 루니가 다가와 윔슬로 쪽에 볼일이 있다며 차를 태워달라고 부탁했다. 나는 흔쾌히 승낙했다. 루니뿐만 아니라 어떤 동료들과도 친하게 지내는 것은 중요한 일이었으니까.

루니와 30분 정도 드라이브를 하면서 짧은 영어로나마 여러 가지

대화를 나누었다. 팀에 관한 이
야기부터 루니와 함께 영국에
서는 엄청난 스타인 여자친구
에 대해서까지.

"여자친구와는 언제 결혼할
거야?"

내 질문에 루니는 얼굴까지
살짝 붉히며 아직 잘 모르겠다
고 대답했다. 그러고는 혹시나
내가 자신들의 관계를 진지하
게 생각하지 않을까 걱정스러
웠는지 서둘러 이유를 덧붙이
기도 했다.

2005년 10월 풀햄전서 루니의 골을 어시스트한 후 골 세리머니 장면.

"그녀는 나에게 매우 소중하지만 아직 우리는 둘 다 어려서…."

이렇게 마음을 한번 터놓고 나면 벽을 하나 허문 것처럼 가깝게 느
껴졌다. 그 뒤로 루니와는 왠지 잘 통하는 듯한 느낌이었다.

특히 루니와는 그라운드 위에서 호흡이 척척 잘 맞았다. '이 타이밍
이면 루니가 틀림없이 뛰어들 것이다'라고 생각하고 고개를 돌리면
어김없이 루니가 수비수 사이를 제치고 비호처럼 뛰어 들어왔다. 경
기장 안에서 궁합이 잘 맞는 동료를 두는 것이 얼마나 기분 좋은 일인
지는 축구를 해보지 않으면 모를 것이다. 동료와 생각의 호흡을 맞추
기란 육체적인 호흡을 맞추기보다 두세 배 이상 힘들기 때문이다.

최근 들어 루니도 나와의 팀워크에 신경을 많이 쓰는 눈치다. 수비

전환이 급하지 않은 경우 패스가 잘 안 맞는다고 생각되면 나에게 다가와 "아까 스루패스는 좋았는데 내가 타이밍을 잘 못 맞추었다"거나 "다음에는 2 대 1 패스로 한번 해보자"면서 자기 나름대로의 해법을 내놓기도 한다. 이것 역시 기분 좋은 일이다. 나의 경기가 동료에게 중요하다는 뜻이니까.

루니는 그라운드 위에서는 거의 '괴물' 수준이다. 축구선수에게 중요한 신체 능력을 꼽는다면 체력, 스피드, 파워, 기술 등이고 여기에 투지나 창조성, 정신력 같은 정신적인 요소가 곁들여져야 한다. 루니는 이 모든 조건 가운데 단 한 가지도 세계적인 수준에서 떨어지는 것이 없다. 한마디로 완벽한 선수인 것이다.

루니가 어느 정도까지 성장할지 곁에서 지켜보는 것은 나에게 더없이 큰 기쁨이다. 그토록 훌륭한 동료와 함께 뛸 수 있다는 사실과 더불어 말이다.

멈추지 않는 도전

사람을
사귀는 것에 대해 ————————

　해외에서 선수 생활을 하다 보면 사람을 사귀는 것에 대해 많은 것을 깨닫게 된다. 나로서는 그라운드 위에서의 적응보다 동료들과 친해지는 것, 즉 사람에 대한 적응이 더 힘든 것 같다.

　어차피 한 팀인 이상 그라운드 위에서는 개인적인 친분과 크게 상관없을 수도 있다. 그러나 그라운드 밖에서는 큰 차이가 난다. 마음을 터놓고 이야기할 만한 친구가 있느냐 없느냐는 팀 생활을 얼마나 행복하게 할 수 있는가와 직결된다.

　또한 축구선수도 인간이기에 그라운드 위에까지 친분 관계의 여파가 이어질 수 있다. 패스를 해도 자기가 믿는 친구에게 할 때 더 마음이 편한 게 인지상정 아닐까. 설혹 실수를 하더라도 친한 사이라면 어느 정도 이해해 줄 것 같은 믿음이 들기도 한다. 친분이 있다는 것은 그만큼 서로 호흡이 잘 맞을 수 있는 여지를 마련했다는 의미이기도 하다.

해외 구단에 입단하면 모두가 이방인이지만 국내의 경우 사정이 다르다. 같은 팀에 입단한 선수들끼리 금방 친해지고, 선후배들도 학연이나 지연을 통해 자연스레 친분 관계가 형성된다.

일본 J-리그에 처음 진출했을 때는 그나마 같은 동양권이어서 큰 문제가 없었다. 또 당시 내 나이가 스무 살에 불과해 또래의 어린 친구들 사귀기가 특별히 어렵지 않기도 했다.

네덜란드 PSV 에인트호번에서는 국가대표팀에서 뛰던 이영표 형이 같이 있었다. 입단한 지 얼마 되지 않으면 점심시간을 함께할 파트너 구하기도 쉽지 않은데, 영표 형이나 나는 적어도 그런 고민을 하지 않아도 되었던 것만도 큰 행운이었다. 급할 때면 한국말로 의사소통을 할 수 있는 상대가 있다는 사실만으로도 얼마나 행복했던지.

하지만 영국 맨유에서는 달랐다. 동양권도 아니고 영표 형도 없었다. 모든 것을 처음부터 다시 시작해야 했다. 하나같이 세계적인 스타 플레이어인데다 동양인을 영입한 것도 처음인 구단에 들어가고 나니 모든 것이 녹록치 않았다.

다행히 우려보다는 일이 쉽게 풀렸다. PSV 에인트호번 출신의 반니스텔루이가 항상 친절한 형 노릇을 해주었고, 루니와도 어느샌가 눈빛으로 통할 수 있는 사이가 되었다. 프랑스 출신인 사하와 실베스트르도 유쾌한 친구들이다. 농담처럼 들리겠지만 두 사람과는 2006년 독일 월드컵에서 프랑스와 한국이 같은 조가 된 후 오히려 더 친해졌다.

실베스트르는 연습 경기 도중 내가 찬스에서 골을 놓치기라도 하면 짓궂게 놀린다.

"너 프랑스하고 경기할 때 골 넣으려고 오늘 일부러 안 넣은 거지?"

사하는 웜슬로에 위치한 내 집에서 가장 가까이 사는 동료여서 훈련장을 오갈 때 서로 자주 신세를 진다. 차에 문제가 있거나 차를 가져가기 곤란할 때면 서로 픽업을 하며 금세 친분을 쌓았다.

한국에서는 나의 포지션 경쟁 상대라고 미움을 받는 크리스티아누 호나우두도 서로 장난치며 어울리는 친구 사이다. 포르투갈 출신인 호나우두는 라틴계 특유의 유쾌함이 뼛속까지 박혀 있어 잠시 훈련을 쉴 때면 나에게 다가와 어깨에 손을 얹고 슬슬 농담을 하기 시작한다. 가끔 눈부시도록 화려한 개인기를 이용해 공으로 장난을 걸 때면 개구쟁이 소년 같다.

최근에 그는 포르투갈 리그에 진출한 김동현 이야기를 화제에 올리며 "좋은 팀에 갔던데 그 선수 어떠냐?"고 물어 나를 깜짝 놀라게 하기도 했다.

맨유에 입단할 당시 한국 팬들로부터 가장 백안시되었던 스콜스는 예상과는 달리 더없이 조용하고 차분한 성격이다. 게다가 언제나 내게 먼저 안부를 물어오는 좋은 선배이기도 하다. 경기장에서는 무서운 표범처럼 굴지만 그라운드를 나서면 조용한 영국 신사로 돌아오는 사람이 바로 스콜스다.

화려한 머리 모양이 눈길을 끄는 페르디난드 역시 쾌활하기 그지없다. 팀 내에서 제일 목소리가 우렁차고 웃음소리 역시 가장 큰 친구가 페르디난드다. 그라운드에서 만나면 눈을 부라리며 자기를 향해 달려드는 공격수를 잡아먹을 듯한 표정을 짓지만 동료들끼리 있는 자리에서는 말 그대로 분위기 메이커여서 바라보기만 해도 즐겁다.

맨유의 선수들과 함께 지내다 보면 독특한 구석을 발견하게 된다. 세계 최고의 클럽이라는 자부심이 있는 만큼 '우리 팀에 온 선수라면 누구나 세계적인 선수'라고 인정하는 분위기가 바로 그것이다. 이것이야말로 진정한 팀워크이며 진정한 힘의 원천 아닐까.

맨유의 분위기에 동화되며 한사람 한사람 친한 동료로 만들어나가고 있는 나 역시 이제는 완전한 맨유맨이 되어가고 있는 느낌이다.

나만의 친화력을 개발하라

축구 실력만큼 원만한 인간관계도 축구선수에게는 빼놓을 수 없는 덕목이라고 생각한다. 내성적인 성격인 나는 낯선 사람과는 눈도 잘 맞추지 못한다. 수줍음도 많고 상대에게 먼저 말을 거는 일도 드물다. 오죽하면 2002 한일 월드컵 당시 홍명보 선수와 같은 방을 사용할 때도 꽤 오랜 시간이 지나서야 '형'이라고 불렀을까.

그렇다고 낙담하지는 않는다. 원만한 인간관계를 위해 활달한 성격만 유리한 것은 아니라고 생각하기 때문이다. 먼저 다가가 말을 붙이거나 적극적으로 친밀감을 표현하지 못하는 대신 자구책을 마련하면 된다.

내가 애용하는 방법은 인사와 약속이다. 기본이 허술하면 좋은 축구선수가 될 수 없듯 사람과의 관계에서도 기본적인 덕목이 원만한 관계의 시작이라고 믿기 때문이다.

친화력은 부족하지만 누구에게나 열심히 인사를 한다. 인사만큼 플러스 효과가 높은 처세술도 없다. 그리고 일단 친해지고 나면 먼저 웃으려고 노력한다. 친한 후배들과는 최신 유머를 섞어가며 농담을 주고받기도 한다. 시간 날 때마다 인기 코미디 프로그램을 열심히 챙겨 보는 것도 다 이유가 있다.

또 한 가지는 약속을 잘 지키는 것이다. 성실함의 바로미터는 약속을 잘 지키는 것이라고 생각한다. 합숙과 훈련이 대부분인 선수생활에서 약속만큼 중요한 것도 없다. 프로 선수가 되면 약속 잘 지키는 것이 자기 관리와 직결된다. 특히 국가대표팀이 소집될 때는 약속을 어기지 않기 위해 각별히 신경 쓴다.

각자 소속팀에서 활동하다 국가대표 자격으로 모이면 맨체스터 유나이티드 선수가 아니라 선배 혹은 후배로 돌아간다. 나는 선배들에게는 존경심을 잃지 않고 후배들에게는 모범을 보이되 스스럼없이 다가올 수 있는 선배가 되고 싶다.

3장

준비된 자에게
기회는 온다

훈련이 계속되고 몸이 피곤해지면
'하루쯤 쉬면 안 될까' 하는 생각이 들곤 한다.
하지만 하루를 쉬면 그만큼 다음날 해야 하는 훈련 양이 많아진다.
미리 준비하지 않으면 기회는 다가오지 않는 법이다.
그것이 내가 하루도 쉴 수 없는 이유이다.

홍명보 코치와
같은 방 쓸 때 ————————

"우리 지성이는 태몽부터 범상치 않았지."

어머니는 내 태몽 이야기가 나오면 으레 이렇게 말씀하시며 빙그레 웃으신다. 그 대단한 태몽이란 바로 용꿈이다. 어머니 몸을 커다란 용이 칭칭 감고 하늘로 올라가는 꿈을 꾼 뒤 내가 태어났다.

전남 고흥에서 혼자 서울로 올라오신 아버지는 어머니를 만나 결혼했다. 내가 태어날 당시 우리 집 사정은 용이 승천하는 태몽을 기대할 만한 형편이 아니었다. 나를 낳고 나서 부모님은 아이가 많으면 잘 키우기 힘드니 하나만 낳아 제대로 키우자고 다짐하셨다고 한다.

어린 시절 내 성격도 용 태몽과는 거리가 멀었다. 다섯 살이 지날 때까지 나는 한시도 어머니 치마폭에서 떠나지 않았다고 한다. 갓난 아기였을 때는 더 심했다. 어머니가 나를 안고 계시다 잠이 든 것 같아 내려놓기만 하면 금방 깨서 우는 통에 부모님이 밤을 꼬박 새는 일

좌 | 첫돌 사진. 어머니는 용이 승천하는 꿈을 꾸고 나를 낳으셨다.
상 | 유난히 수줍음이 많던 어린 시절 모습. 친구와 수영장에서 포즈.

도 잦았다고 한다.

예민했던 나는 어릴 적 열성 경기를 다섯 번이나 일으킬 만큼 허약
했다. 지금은 '강철 체력'이니 '산소 탱크'니 하는 별명을 달고 다니지
만 그때만 해도 잊을 만하면 경기로 의식을 잃는 어린 아들 때문에 부
모님 고생이 이만저만이 아니었을 것이다.

수줍음도 많아 아버지 친구 분들이 집에 오시면 돌아가실 때까지
어머니 치마폭 뒤에 숨어 있기만 했다. 어린 시절의 성격은 지금도 어
느 정도 남아 있는 것 같다. 처음 만난 사람들에게 선뜻 다가가지 못
하고 경기장을 제외하고는 남들 앞에 나서는 것을 그리 즐기지 않는
것을 보면 말이다.

내성적인 성격 탓에 냉정하다거나 쌀쌀맞다는 오해도 많이 받았다.
일부러 그러는 것은 아니지만 낯가림이 심한 내 모습이 건방지다는
인상을 주기도 하는 모양이다.

사실 외아들인 나는 '형'이라는 호칭을 쓰는 데 익숙하지 않다. 축구

멈추지 않는 도전

선수들 사이에서는 웬만하면 선배들을 '형'이라고 부르지만 나는 친해지지 않으면 그 말이 쉽게 나오지 않는다. 그렇다고 선배를 부를 다른 적당한 말도 떠오르지 않아 늘 선배들이 말을 걸 때까지 기다리는 편이다. 그런 모습이 선배들에게 건방진 후배로 비춰졌을 수도 있다.

국가대표팀에서 홍명보 코치(당시 국가대표 선수)와 처음 방을 함께 쓸 때도 그랬다. 홍 코치는 예나 지금이나 한국을 대표하는 스타 플레이어였고 나에게는 엄청난 선배였다. 나는 열 살 넘게 차이 나는 대선배를 차마 '형'이라고 부를 수가 없었다.

같은 방을 쓰면서도 한동안 홍 코치가 말을 걸기 전에는 절대 먼저 입을 열지 않았다. 물론 히딩크 사단에서 1년 반이나 한 방을 쓴 뒤부터는 스스럼없이 '명보 형'이라고 부르고 있지만.

부모님은 내가
공무원이 되길 바라셨다 ————

내가 축구와 첫 인연을 맺은 것은 초등학교 4학년 때였다. 당시 내가 다니던 수원 산남 초등학교에 축구부가 있었다.

어린 시절부터 동네 아이들과 곧잘 축구를 하고 놀았는데 제법 잘한다는 소리를 듣곤 했다. 내성적이었던 내가 그나마 다른 아이들보다 잘할 수 있는 것이 축구였고, 나는 점점 축구에 흠뻑 빠져들었다. 축구에 관한 한 아이들은 덩치가 크거나 목소리 큰 친구들보다 나를 더 인정해 주었고 그것이 너무 좋았다.

자연스레 나의 꿈은 학교 축구부에 들어가는 것이 되었다. 초등학교 4학년이 되자 마침내 나는 정식 축구부원이 되었다. 운동장 밖에서 선배들의 훈련 모습을 흉내 내던 내가 유니폼을 입은 진짜 축구선수가 된 것이다.

내가 처음 축구선수가 되고 싶다고 했을 때 부모님은 반대하셨다.

초등학교 3학년이 거의 끝나갈 무렵으로 기억된다.

"저 축구선수 되고 싶어요."

저녁상이 차려진 자리에서 뜬금없이 내 입에서 나온 소리에 부모님은 깜짝 놀라셨다. 내가 공을 가지고 놀기 좋아한다는 사실은 이미 알고 계셨지만 정식으로 학교 축구부에 등록한다는 것은 생각지 못하셨던 모양이다. 게다가 나는 다른 아이들보다 덩치도 작고 체력도 떨어지는 약한 아이였다. 그 몸에 축구라니…. 부모님으로서는 당황스러웠을 법도 하다.

나중에 안 사실이지만 부모님은 내가 공무원이 되기를 바라셨다고 한다. 특별히 가진 것 없는 집안인지라 공무원이 되면 평생 큰 걱정 없이 가정을 꾸리고 살아갈 수 있으리라는 생각에서였을 것이다.

부모님의 반대는 그리 오래가지 않았다. 며칠 동안 끈질기게 조르며 축구를 시켜주지 않으면 밥도 먹지 않겠노라고 평소의 나답지 않게 '반항'을 하자 마침내 아버지가 허락하셨다.

"네가 그토록 축구를 하고 싶어한다면 더 이상 말리지 않겠다. 다만 한번 시작하겠다고 마음먹은 이상 네 입으로 그만두겠다는 말은 하지 않아야 한다. 약속할 수 있겠느냐?"

어린 나이였지만 아버지 말씀이 무슨 뜻인지 알 것 같았다. 스스로 시작한 일은 끝까지 책임져야 한다는 다짐이었다.

"네!"

나는 신이 나서 대답했다. 열 살밖에 안 된 어린아이에게 어디서 그런 용기가 나왔는지 모르겠다. 어쨌든 나는 그 이후로 부모님을 포함해 어느 누구에게도 축구를 그만두고 싶다는 말을 한 적이 없다. 축구를 하는 것이 즐거워서 시작했고 지금도 축구를 하는 것이 즐겁다. 한 번도 축구를 그만두었으면 좋겠다는 생각조차 한 일이 없으니 아직까진 아버지와의 약속을 잘 지키고 있는 셈이다.

기대에 차서 시작한 축구부 생활에 고비가 찾아왔다. 산남 초등학교 축구부가 4학년이 채 끝나기도 전에 해체된 것이다. 그렇게 원했던 축구 유니폼을 입고 신나게 운동장에서 뛰던 시간이 1년도 지속되지 못하다니.

하지만 포기할 수는 없었다. 왠지 모르게 축구에 끌렸고 공을 차는 순간이 그 어느 때보다 행복했다. 축구부는 없어졌지만 공차기를 멈출 수 없었다.

초등학교 4학년 겨울방학을 앞둔 때였다. 그날도 텅 빈 운동장에서 혼자 공을 차며 연습에 몰두하고 있었다. 뒤에서 누군가 다가오는 인기척이 들려 돌아보니 축구부 감독 이상영 선생님이었다. 4학년 중에서는 그래도 내가 공을 좀 차는 축에 속했기 때문에 선생님은 나를 꽤 예뻐했다. 선생님은 내 머리를 쓰다듬으며 물었다.

"아직도 축구선수가 되고 싶으냐?"

당연히 나는 그렇다고 대답했다. 그러자 선생님은 예기치 못한 이야기를 했다.

"나는 세류 초등학교로 간다. 축구를 계속하고 싶으면 부모님께 말씀드려서 전학 가는 것이 어떻겠느냐?"

순간 내 머릿속에는 커다란 종이 울리는 것 같았다.

'축구를 계속할 수 있다!'

큰 목소리가 귓전 가득 들리는 듯했다. 나는 곧장 집으로 달려갔다.

아버지가 퇴근하실 때까지 기다리기란 어린 나에게 엄청난 고통이었다. 부모님에게 당장 세류 초등학교로 가서 축구를 계속하겠다고 말씀드렸다.

이번에는 부모님도 선선히 허락하셨다. 아들이 정말 원하는 것이 무엇인지, 언제 가장 행복해하는지 1년 동안 지켜보셨기 때문이었다.

5학년이 되던 해 나는 세류 초등학교로 전학을 갔고 축구부에 입단했다. 내 나이 열두 살에 나의 축구 인생이 본격적으로 시작되었던 것이다.

차범근
어린이 축구상 ─────────────

키는 작았지만 나는 어린 시절부터 잠재성만은 인정받았던 모양이다. 지금까지도 잊히지 않는 상은 세류 초등학교 6학년 때 받은 '차범근 축구상'이다.

세류 초등학교는 수원시에서 축구 특화 학교로 지정할 만큼 전통을 인정받는 학교였다. 다만 한 번도 전국대회에서 좋은 성적을 거두지 못하다가 내가 6학년이었던 해 '금석배' 전국초등학교대회에서 준우승을 차지했다. 당시 주장이었던 나는 등번호 7번을 달고 이리저리 그라운드를 누비며 팀을 이끌었다.

덩치는 작은 선수가 유난히 발 빠르게 뛰어다니는 모습이 눈에 띄었는지 대회가 끝난 후 내게 우수 선수상이 주어졌다. 그해 연말에는 '차범근 축구상'이라는 큰 상까지 받았다. 내가 5회 수상자였는데 한해 전 수상자는 이동국 형이었고, 다음 해에는 최태욱이 받았다.

초등학교 6학년 때 '차범근 축구상'을 차 감독님으로부터 직접 받았다.
상보다 대스타를 만난다는 사실에 더 가슴이 떨렸다.

  '차범근 축구상'을 받자 곧바로 수원 지역의 연고팀인 수성 중학교에서 나를 스카우트했다. 나와 부모님이 가기 원했던 곳은 경기도 화성의 안용 중학교였다. 몇 가지 이유가 얽혀 있었지만 수성 중학교를 맡고 있던 지도자 분과 세류 초등학교 출신 학부모들 사이가 썩 좋지 않았던 것이 제일 큰 이유였다.

  학원 축구에서 지도자는 절대적인 영향력을 가진다. 지도자 눈 밖에 나면 선수 생명은 끝이라고 보아도 틀림없다. 상황이 상황인지라 부모님도 이때만큼은 안용 중학교로 나를 전학시키기 위해 온 힘을 다하셨다.

  문제는 이적 동의서였다. 수원을 연고로 하는 수성 중학교에서 나를 포함해 몇몇 선수를 안용 중학교로 내주면 향후 선수 선발에도 문제가 생길 소지가 있어 쉽게 발급해 주지 않았던 것이다.

결국 안용 중학교로 학적을 옮기고도 축구선수 등록은 수성 중학교에 남아 있는 이상한 상황이 6개월간이나 계속되었다. 그동안 나는 경기에 출전하지도 못한 채 허송세월해야 했다.

어렵게 진학한 안용 중학교에서 나는 지금의 맨체스터 유나이티드에서와 같은 등번호 13번을 달고 뛰었다. 당시 내가 속한 안용 중학교 축구팀은 경기도 내 대회를 싹쓸이 우승하며 축구로는 그다지 알려지지 않았던 안용 중학교를 강자로 끌어올렸다.

중학교 시절까지 나는 체구가 굉장히 작았다. 주로 공격형 미드필더나 새도 스트라이커(Shadow Striker : 최전방 공격수를 지원하는 포지션) 등으로 뛰었는데, 내가 그라운드에 나가서 큰 선수들을 이리저리 헤집고 다니면 관중석에 앉아 있던 학부모들이 "저 작은 아이가 누구냐?"며 수군거렸다고 한다.

부모님은 내 아들이라고 말하지는 않았지만 주위에서 그런 속삭임이 들릴 때마다 뿌듯한 마음에 어깨가 으쓱해지셨다고 한다.

멈추지 않는 도전

축구에 눈뜨게 해준 스승,
이학종 감독 ——————————

안용 중학교를 졸업할 때쯤 나에게 다시 중요한 고비가 찾아왔다. 고등학교 진학을 앞두고 갈림길에 선 것이다. 나를 스카우트하려던 학교는 수원 공고와 정명 고등학교 두 곳이었다. 수원 공고는 수원이 연고라는 장점이 있었다. 반면 정명고는 축구에 관한 한 수원 공고와 비교할 수 없을 정도로 역사를 자랑하는 이른바 축구 명문 학교였다.

그때 마침 내 축구 인생에 큰 영향을 준 첫 번째 스승이 나타났다. 바로 수원 공고의 이학종 감독이다. 울산 현대를 거쳐 일본에 진출해 선수 생활을 했던 이 감독은 막 은퇴를 하고 수원 공고에서 처음으로 지도자 길에 들어선 상태였다.

이 감독으로서는 새로운 도전이었겠지만 수원 지역 유소년 선수들 사이에서도 그 소식은 큰 뉴스거리였다. 국가대표팀에서까지 활약했던 사람이 고등학교 감독을 맡는다는 것은 예나 지금이나 그리 흔한 일이 아니었기 때문이다.

이 감독이 부임했다는 이야기를 들을 아버지는 내게 수원 공고를 제안했다. 나도 아버지 결정에 적극적으로 동의했다. 신체 조건만 보고 성장 가능성을 의심했던 다른 지도자들과 달리 이 감독이라면 나의 잠재성을 인정해 줄 수 있을 것 같은 믿음 때문이었다. 아버지와 나의 기대대로 이 감독은 내 기술과 성실성, 경기를 읽는 감각을 마음에 들어하며 곧바로 스카우트해 주었다.

주위 사람들은 "그렇게 키 작은 선수를 데려다 어디다 쓸 거냐"며 비웃기도 했지만 이 감독은 흔들림이 없었다. 누가 무슨 소리를 해도 "지성이는 잘 키우면 큰 물건이 될 재목이야"라며 소신대로 밀고 나갔다.

일단 나를 수원 공고로 데려간 이 감독은 1년 가까이 축구부 훈련에서 제외시켰다. 당장 축구 기술을 가르치기보다 체격과 체력을 보완하는 것이 중요하다고 판단했기 때문이다.

1년 동안 나는 축구부에서 가볍게 공을 다루는 정도의 훈련만 하며 오로지 키와 체격을 키우기 위해 노력했다. 부모님은 더 열성적으로 키 크는 데 좋다는 음식을 구하기 위해 방방곡곡을 헤매셨다. 나 역시 일찍 잠자리에 들고 꾸준히 음식을 먹으며 나에게는 사형선고와 다름없는 기간을 견뎌냈다. 어린 생각에도 사랑하는 축구를 계속하기 위해서는 그 방법밖에 없었다.

이 감독의 판단은 결국 맞아떨어졌다. 고등학교 2학년에 들어서자 키가 170cm를 넘긴 것이다. 만약 다른 선수들처럼 강한 체력 훈련을 했다면 내 체력으로 이겨낼 길이 없었을 것이고 키도 그다지 자라지

우승 제7○회 ○○제 ○대회(제주도)1998.10.1

나를 스카우트한 이학종 감독은 1년 동안 훈련에서 제외시키더니 키를 키우라고 주문했다.
뒷줄 가운데가 이 감독, 앞줄 맨 우측이 나다.

않았을 것이다.

수원 공고를 택한 것은 내 축구 인생의 큰 전환점이 되었다.

기술보다
기본에 충실하라 —————————

학창 시절 축구하는 내내 나는 왜소한 체격 때문에 콤플렉스에 시달려야 했다. 체격이 문제가 된다면 기술로 승부하자는 생각이 내 머릿속에 각인되었는지 한순간도 공과 떨어지지 않으려고 노력하고 또 노력했다.

초등학교부터 고교 때까지 축구공은 내 신체의 일부분이었다. 꼭 운동장이 아니어도 상관없었다. 공만 있으면 때로는 집 주변이, 혹은 내 방이 훈련장이었다. 공 떨어뜨리지 않고 무릎과 발등으로 트래핑하며 집 주변 돌기(리프팅), 방 안에서 헤딩으로 공 컨트롤하기 등 훈련 방법은 다양했다.

무엇보다 내가 신경 쓴 것은 짧은 거리의 패스, 단거리 달리기, 헤딩, 볼 컨트롤 같은 기본기였다. 축구는 오랜 시간 동안 반복 훈련을 통해 완성되는 스포츠다. 어린 시절 코치 선생님한테 들은 바로는 발

등 구석구석마다 적어도 3000번씩 공이 닿아야 감각이 생기고 다시 3000번이 닿아야 어느 정도 컨트롤할 수 있게 된다고 했다. 나는 그 말을 그대로 믿었다.

다른 친구들이 멋진 드리블과 슈팅을 연습할 때 나는 짧은 거리의 패스를 정확하게 하기 위해 연습했고 남들이 싫어하는 단거리 달리기 훈련을 반복했다.

"너는 왜 하나 마나 한 연습만 하나?"

친구들은 매일 같은 훈련을 되풀이하는 나를 보며 답답해했지만 내가 느끼기에는 어느것 하나도 완성된 것이 없었다. 나라고 반복되는 훈련이 좋기만 한 것은 아니었다. 훈련이 계속되고 몸이 피곤해지면 '오늘은 하루쯤 쉬면 안 될까' 하는 생각이 들기도 했다. 나도 인간이니까.

하지만 하루를 쉬면 그만큼 다음날 해야 하는 훈련 양이 많아졌다. 그것이 내가 하루도 속시원히 쉴 수 없는 이유였다. 어떻게 보면 나는 너무도 융통성이 없는 아이였던 모양이다.

현재 나의 경기 모습 가운데 장점으로 꼽히는 기량 중 상당 부분이 고교 시절 이학종 감독에게 배운 것이다. 현역에서 은퇴한 지 얼마 되지 않았던 이 감독은 선수들과 함께 연습경기를 하는 경우가 많았다. 이 감독의 움직임 하나하나는 자연히 내게 교과서 같은 본보기가 되었다.

처음에는 이 감독의 움직임에 맞게 패스를 할 수도, 찔러주는 패스를 예측하고 움직여 받아낼 수도 없었다. 시행착오를 거듭하던 어느 순간부터 이 감독의 움직임이 보이기 시작했다. 수비수의 허점을 교묘하게 찔러 들어가는 이 감독의 몸놀림이 내게 그대로 전해져왔다. 그리고 나의 패스는 점점 이 감독의 움직임에 맞출 수 있게 되었다.

'아, 패스는 이렇게 하는 것이구나. 수비수 앞에서는 저렇게 움직이는 것이구나' 하는 느낌이 왔다. 그리고 '정말 축구는 몸보다 머리를 많이 써야 하는 운동이구나' 하는 깨달음도 그때서야 얻을 수 있었다. 아마도 수원 공고에서 이학종 감독을 만나지 못했다면 나는 다른 스타일의 축구선수가 되었을지도 모를 일이다.

고등학교 2학년이 절반쯤 지났을 때 나는 어느새 팀의 주전이 되어 있었다. 다시 공격형 미드필더가 내 포지션이었다. 처음으로 주전으로 출전하던 날 가슴이 콩닥콩닥 뛰던 느낌이 지금도 생생하다. 노력은 그에 맞는 보답을 가져다준다는 나의 오랜 믿음은 그때부터 생긴 것 같다.

멈추지 않는 도전

나의 목표는
브라질의 둥가 ——————————

이학종 감독의 특별 지시로 축구부 생활에서 떨어져 있는 시간이 많았던 고등학교 1학년 내내 나는 이미지 트레이닝을 했다. 그중 하나가 축구 관련 서적을 읽으며 내 나름대로 축구관을 세우기 위해 노력한 것이었다.

내 눈에 맨 먼저 들어온 선수는 아르헨티나의 디에고 마라도나였다. 그의 절묘한 드리블링과 천재적인 골 감각은 축구선수라면 누구라도 부러워할 만한 것이었다. 우연히 그가 축구와 자신의 인생에 대해 쓴 글을 읽을 기회가 있었는데, 축구에 대한 그의 놀라운 열정과 사랑이 지금도 기억 속에 또렷이 남아 있을 정도다.

지금까지 변치 않고 좋아하는 선수를 말하라면 주저 없이 브라질의 둥가를 꼽을 것이다. 1994년 미국 월드컵 우승을 이끈 둥가를 좋아하는 이유는 그만의 독특한 분위기 때문이다. 당시 브라질팀을 보면

나도 후배들에게 브라질의 둥가 같은 귀감이 되는 선수이고 싶다.

주장인 둥가가 있을 때와 없을 때의 차이가 너무나 확연했다. 수비형 미드필더로서의 기량도 기량이지만 팀 전체 분위기를 좌우하는 그의 카리스마가 내 마음을 사로잡았다. 나도 꼭 둥가 같은 선수가 되고 싶었다.

'내가 그라운드에 섰을 때 코칭스태프와 팬, 동료들이 믿을 수 있는 선수, 그런 존재가 되리라.'

나는 결심했다. 그렇게 되기 위해서는 기량만 뛰어나서는 부족하다는 것도 깨달았다. 동료들에게 나의 존재가 정신적인 안정감으로 이어질 수 있으려면 그라운드 안팎에서의 행동에 빈틈이 없어야 했다.

팬들에게 화려한 눈요깃거리만 제공하는 선수가 아니라 진정으로

팀의 승리에 헌신하는 선수로서 사랑받아야 했다. 코칭스태프에게는 그라운드 위에 있건 벤치에 있건 언제나 팀 운영에 도움이 되는 선수로 인정받고, 맡겨진 역할을 항상 충실히 수행하는 선수가 되어야 했다.

내가 둥가에게 얻은 이미지는 그런 것이었다. 브라질의 화려한 스타 플레이어들 사이에서 크게 주목받지는 않지만 결코 없어서는 안 될 존재. 나는 그런 선수가 되는 것을 목표로 축구를 해나가기로 결심했다. 팀 전체를 아우르는 둥가만의 분위기, 그것이 나의 목표였다.

밤마다 날아드는
선배들의 폭력 ——————————

학창 시절 축구선수로서 가장 힘들었던 것은 고된 훈련도 경기도 아니었다.

물론 매일매일 하는 훈련이 마냥 즐겁기만 할 수는 없었다. 교실에서 공부하는 또래들이 머리를 쥐어짜며 수학 문제를 풀고 수많은 영어 단어를 외웠던 것처럼 나도 제대로 드리블하기 위해, 슈팅을 잘하기 위해 무수히 반복 훈련을 했다. 그 과정이 어떻게 즐겁기만 했겠는가.

그럼에도 훈련이 힘들고 고달파도 축구 자체가 싫어졌던 적은 없었다. 축구는 언제나 나를 신명나게 했고 에너지를 폭발시켜 주었다. 하면 할수록 새로운 재미가 소록소록 샘솟아나는 게 나에게는 축구였다.

문제는 다른 데 있었다. 요즘도 그런지는 모르겠지만 내가 중고등학교를 다니던 때만 해도 선배들에 의한 구타가 축구를 비롯한 운동부에 만연해 있었다. 특히 학원 스포츠는 선수들이 모두 합숙을 하기 때문에 밤마다 날아드는 선배들의 폭력이 무섭기 그지없었다.

나의 학창 시절도 마찬가지였다. 선배들은 별 이유 없이 후배들을 때렸다. 나를 때린 선배들에게는 나름대로 이유가 있었는지 모르겠지만 얻어맞는 입장에서는 이해할 수 없는 경우가 대부분이었다.

그저 후배라는 이유만으로 선배의 몽둥이 세례를 견디어야 한다는 것, 축구를 하기 위해서는 부당한 폭력을 묵묵히 참아내야 하는 상황이 나를 힘들게 했다. 잘못해서 맞는 것이라면 100대라도 기분 좋게 맞을 수 있었다. 하지만 어제는 저 선배가 기분이 좋지 않아서, 오늘은 이 선배가 감독한테 야단맞았기 때문에 밤마다 몽둥이 찜질을 당해야 하는 것은 참기 힘든 일이었다.

학창 시절 셀 수 없을 정도로 선배들에게 두드려 맞으면서 속으로 다짐하고 또 다짐했다.

'나는 결코, 무슨 일이 있어도 후배들을 때리지 않겠다!'

스스로와의 약속을 지켰다. 중학교에서, 고등학교에서 최고참 선배가 되었을 때도 나는 후배들에게 손을 댄 적이 없었다.

만약 지금도 학원 축구팀에 후배들에 대한 폭력 같은 악습이 남아 있다면 이 기회를 통해 당부하고 싶다. 폭력이 선배들의 권위를 세워주지 않는다. 후배들에게 진정 권위 있는 선배가 되고 싶다면 실력으로 승부하기 바란다. 실력과 인품이 뛰어난 선배에게는 자연스럽게 권위가 생긴다고.

이것은 그동안 내가 뛰어난 선배들을 직접 겪으며 얻은 교훈이기도 하다. 제발 폭력은 그만!

"네가 살 길은
실력밖에 없다"

축구선수가 되고 나서 아버지에게 귀에 못이 박히도록 들은 말이 있다.

"지성아, 네가 살 길은 실력밖에 없다."

이 말에는 나에 대한 부모님의 걱정과 격려가 고스란히 담겨 있었다. 우리 집은 수원 영통시장에서 정육점과 반찬가게를 했다. 끼니 걱정을 할 정도로 가난하지는 않았지만 풍족하지도 않은 살림이었다.

넉넉지 않은 형편에 부모님은 아들을 축구선수로 키우기 위해 많은 노력을 기울이셨다. 자식을 축구선수로 키우기 위해서는 생각보다 돈이 많이 든다.

우리나라 학원 축구는 축구부 지도자의 월급과 팀 운영비를 선수 부모들이 갹출해서 충당하는 구조다. 게다가 선수 개인에게 필요한 장비도 각자 알아서 준비해야 한다. 나와 같이 평범한 집 아들이 축구를 하려면 부담이 클 수밖에 없다.

부모님은 시골에서 올라와 열심히 살림을 일구셨지만 아무래도 당신들이 만족할 만큼 아들 뒷바라지를 해주지 못했다고 생각하셨던 모양이다. 나로서는 큰 불편을 느끼지 않았으나 혹여 돈을 앞세워 코치의 선수 기용에 관여하려는 부모들의 등쌀에 내가 밀리지나 않을지 항상 걱정이셨다.

같이 운동하던 선수들 중에는 아버지나 형 혹은 친척이 축구를 한 소위 '축구인 집안' 출신이 많았다. 이것 역시 부모님의 마음을 편치 않게 했다. '팔은 안으로 굽는 것'이 인지상정인지라 선후배 관계가 얽히게 마련인 축구인 집안 출신의 아이들에게 내가 밀리지 않을까 노심초사하셨다.

장기적인 관점에서 볼 때 수원에서 축구를 한다는 것도 부모님에게는 걱정거리였다. 서울의 축구 명문학교가 아닌, 어떻게 보면 변두리 지역에서 축구를 아무리 잘해도 눈길을 끌기 힘들지나 않을까 해서였다.

부모님 입장에서는 이 모든 염려가 지극히 당연한 것이기도 했다. 당신들이 해줄 수 없는 것들로 인해 아들 앞길에 지장이 있다면 그것만큼 가슴 아픈 일도 없을 테니까. 아버지는 술 한잔하고 돌아오는 날이면 어김없이 나를 불러앉히고 말씀하셨다.

"너는 경제적으로 넉넉지 않은 집에서 태어났고 축구 쪽에 아무런 연고도 없다. 더구나 지방에서 축구를 하고 있지 않느냐. 네가 살 길은 남보다 더 열심히 노력해 실력으로 월등히 뛰어나는 길밖에 없다. 그렇다고 내가 너에게 많은 것을 바라는 것은 아니다. 네가 좋아해서 시작한 축구다. 국가대표가 되고 스타가 되어 돈을 많이 벌어 우리를 호강시켜 달라고도 하지 않는다. 다만 축구를 하고 있을 때만큼은 네가 할 수 있는 최선을 다해라."

아버지는 아들의 장래를 염려하는 마음을 에둘러 표현한 것이지만 그때만 해도 어린 나에게는 잔소리로만 들려 곱지 않은 표정을 짓기도 했다. 지금 생각하면 죄송한 일이다.

축구를 시작한 이후부터 부모님의 작은 소망은 내가 체육 선생님이 되는 것이었다. 여러 가지로 어려운 환경에서 축구를 하는 아들이 결국 직업 축구선수가 되지 못했을 경우, 대학에 진학해 체육 교사 자격증을 따서 선생님이 되기를 원하셨다.

우연히 UEFA의 인터넷 홈페이지에서 내 프로필을 본 적이 있는데 그곳에서 어떻게 우리 부모님의 소망을 알았는지 내가 축구선수가 되지 않았다면 체육 교사가 되었을지도 모른다고 씌어 있는 것을 보고 나도 모르게 피식 웃은 적이 있다.

멈추지 않는 도전

글로벌 시대에 언어는 필수다

한국어를 제외하고 내가 구사할 수 있는 언어는 3개 국어다. 일본어, 네덜란드어, 그리고 영어. 물론 현지인처럼 완벽한 수준은 아니다. 처음 배운 일본어는 의사소통에 특별히 문제가 없을 정도고 2년 반 동안 머물렀던 네덜란드어는 간단한 의사표현을 할 수 있다. 아직 능숙한 정도는 아니지만 영어로는 짧은 인터뷰가 가능하다.

초등학교 4학년 때부터 축구를 시작한 탓에 외국어 교육을 거의 받지 못했다. 친구들이 영어 단어를 외울 때 나는 운동장에서 열심히 축구공을 찼다. 때문에 외국어 공부는 대부분 독학으로 이루어졌다.

가장 열심히 공부한 외국어는 일본어였다. 첫 해외 진출국이기도 했고 일본어는 우리말과 어순이 비슷해 혼자서 배우기가 쉬웠기 때문이다.

2000년 일본 J−리그 교토 퍼플상가에 진출한 이후 꼬박 1년 동안 일본어 공부에 매달렸다. 말이 통하지 않았기 때문에 외출할 일도, 친구들과 어울릴 일도 없었다. 훈련이 끝나면 곧바로 방으로 돌아와 혼자서 일본어 교본을 붙들고 살았다.

공부 방법도 모른 채 무조건 교본을 외우는 것부터 시작했다. 신기하게도 6개월 후에 귀가 뚫리더니 1년이 지나자 자연스럽게 말할 수 있게 되었다. 2년이 흘러 일본을 떠날 때쯤에는 통역 없이 인터뷰에 응할 정도의 수준까지 이르렀다.

일본어 공부에 가장 큰 도움이 된 것은 따로 집을 얻지 않고 구단의 숙소에서 생활하며 젊은 선수들과 함께 지낸 것이었다. 현지 언어를 배우려면 현지인과 어울리는 것이 가장 효과적이라는 사실을 그때 깨달았다.

외국에서 생활하려면 그 나라 언어를 배우는 게 필수라고 생각한다. 동료들과 친해지는 것도 말이 통해야 가능하고, 코칭스태프로부터의 지시도 말을 알아들어야 가능하기 때문이다. 축구만큼 죽기 살기로 외국어 공부를 한 것도 그런 이유다.

외국어 공부는 일본어에서 그치지 않았다. 일본을 떠나 네덜란드에 가서는 네덜란드어를 익혔다. 이때부터 영어 공부도 병행하기 시작했다. 무릎 수술을 받은 후 컨디션을 묻는 기자들에게 네덜란드어로 대답하자 히딩크 감독이 빙그레 웃던 일이 생각난다. 영국에서 생활하고 있는 요즘에도 매일 2~3시간씩 영어 공부를 하고 있다. 물론 퍼거슨 감독의 강한 악센트가 알아듣기 힘들기는 하지만 동료들과 의사소통에는 큰 문제가 없다.

4장

세계를 향해 질주하라

'내가 과연 모든 팀에서 거들떠보지도 않을 정도로 보잘것없는 선수인가.
조금만 더 기다려보자. 내가 어떤 선수인지 확실히 보여주겠다.'
세계를 향해 도전하기로 결심한 그날 이후,
나에게 드디어 꿈을 펼칠 수 있는 기회가 다가왔다.
꿈은 꿈꾸는 자의 것이다.

K-리그에서 외면한
프리미어리거 ─────────

수원 공고 졸업을 앞두고 나는 우울했다. 대학과 프로팀, 어디서도 나를 원하는 곳이 없었기 때문이다. 이학종 감독이 백방으로 뛰어다녔지만 별로 달라질 것이 없었다. 돌아오는 답은 언제나 "체격이 너무 작아 어렵지 않겠냐?"는 것이었다.

K-리그 입단을 위해 수원 삼성 2군에 테스트를 받기도 했고, 대학 팀에 들어가기 위해 서울의 웬만한 대학과 지방 대학과도 접촉했지만 전부 퇴짜를 맞았다.

그러던 중 명지대에서 연락이 왔다. 명지대는 1999년 10명의 신입 선수를 선발할 계획이었다. 입학하기로 했던 선수 가운데 1명이 다른 팀으로 가는 바람에 빈자리를 메울 선수가 필요하다는 것이었다.

"두고 보면 알겠지만 크게 될 선수입니다."

이 감독은 강력하게 나를 추천했고 당시 명지대를 맡고 있던 김희태 감독이 이를 받아들였다.

"학과를 체육교육학과로 선택해서 교사 자격증을 따면 혹시 축구를 그만두더라도 체육 교사는 할 수 있겠구나."

부모님은 이렇게 말씀하시며 굉장히 만족스러워하셨다. 나도 기쁘기는 했지만 한편으로 회의가 들었다.

'내가 과연 모든 팀에서 거들떠보지도 않을 정도로 보잘것없는 선수인가.'

동시에 오기도 생겼다.

'딱 2년만 기다려봐라. 내가 쓸모 있는 선수인지 아닌지 확실히 보여주겠다!'

고등학교 3학년 가을은 그렇게 암담하게 지나갔다. 하지만 그해 겨울은 내 축구 인생의 터닝포인트였다. 당시에는 그 사실을 몰랐지만.

그해 겨울방학부터 나는 명지대 축구부에 합류해 본격적인 훈련에 들어갔다. 김희태 감독이 강조하는 것은 지구력과 승부 근성이었다. 이학종 감독으로부터 기본기의 중요성과 경기 읽는 눈을 배웠다면, 3개월간 울산에서 합숙훈련을 하는 동안 김희태 감독에게 배운 것은 체력의 중요성이었다.

대학생 형들과 부딪치다 보니 아직 고등학생 티를 벗지 못한 나는 힘이 부치곤 했다. 다행히 고등학교 시절 꾸준히 단거리 왕복달리기를 해온 덕에 지구력만큼은 크게 뒤지지 않았다. 김 감독도 이 점을 마음에 들어하며 연습경기 때마다 나를 주전으로 기용해 가능성을 시험했다.

바로 이 연습경기에서 나에게 중요한 기회가 찾아왔다. 1999년

2000년 9월 시드니 올림픽 대표팀 시절, 나이지리아 초청 평가전서 첫 골을 터뜨린 후 기뻐하는 모습.

1월, 울산에서는 시드니 올림픽 대표팀이 합숙훈련을 하고 있었다. 같은 지역에서 훈련 중인 우리 팀은 올림픽 대표팀과 연습경기를 치렀다.

　연습경기였지만 내 가슴은 설렜다. 당시 올림픽 대표팀에는 박진섭, 김도균 등 TV에서나 보던 선수들이 소속되어 있었다. 중고등학교 시절 우러러보았던 청소년대표팀의 주축들이 스타 플레이어로 성장해 올림픽 대표가 된 것이었다.

내로라하는 선수들을 상대로 경기를 뛰는 것만으로도 충분히 감격스러웠다. 더욱이 차범근 감독과 함께 우리나라 축구계에서 전설적인 스타로 꼽히는 허정무 감독을 가까이서 볼 수 있다는 것도 굉장한 영광이었다.

올림픽 대표팀과의 연습경기를 통해 아직도 내가 많이 부족함을 깨달았다. 올림픽 대표팀에 속한 선배들은 기량이나 경험에서 확실히 나보다 몇 수 위였다. 왼쪽 윙백으로 출전한 나는 기술보다는 체력적인 부분, 특히 파워에서 밀린다는 느낌을 받았다. 하지만 그 한 차례 경기가 나에게 천재일우의 기회로 다가올 줄은 꿈에도 몰랐다.

울산 전지 훈련에서 돌아온 1999년 봄, 이제 막 신입생 환영회를 끝내고 다시 시작된 선배들의 뒷수발에 여념이 없을 때였다.

학교 축구부는 거의 합숙 생활을 하는데 언제나 저학년이 모든 잡일을 도맡는다. 중학교 1학년 때는 정신없이 선배 뒤치다꺼리를 하다가 어느새 3학년이 되면 해방, 다시 고등학교에 진학하면 잡일을 시작하는 식이 반복된다. 대학은 중고등학교만큼 강압적이지는 않지만 소위 '군기'는 그대로여서 나도 바짝 긴장의 끈을 조이고 있는 상태였다.

하루는 숙소에 있는 나를 선배가 찾더니 말했다.

"감독님이 너에게 전화해 달라고 하시더라."

휴대폰이란 상상도 못했던 시절이어서 나는 숙소 1층에 있는 공중전화기로 급히 달려갔다. 혹시라도 늦게 전화했다고 혼이나 나지 않을까 잔뜩 긴장한 채로.

그런데 이게 웬일인가. 전화기를 통해 들려오는 김희태 감독의 말에 나는 내 두 귀를 의심하지 않을 수 없었다.

"지성이냐? 너 대표팀에 뽑혔다. 곧바로 짐 싸서 합류해라."

"네? 대표팀요?"

"그래, 대표팀."

"네….."

놀란 나머지 나는 대답도 제대로 하지 못했다. 김 감독은 잠시 뜸을 들였다 물었다.

"너 어딘지는 알고 있냐?"

김 감독의 질문이 좀 엉뚱했다. 나는 고개를 갸웃했다. 내 나이 만 18세. 당연히 청소년대표팀에 뽑혔을 것이 뻔했다. 또 다른 곳이 어디겠는가. 아직 연령별 대표팀에도 한번 뽑히지 못했는데.

"어디…요?"

나는 다시 말을 더듬었다. 김 감독은 껄껄 웃으며 대답했다.

"올림픽 대표팀이다. 너 시드니 올림픽에 가게 될지도 모른다."

"네? ….."

그후 나는 어떻게 전화를 끊었는지 기억이 나지 않는다. 그저 멍하고 몽롱한 느낌, 발밑에 아무것도 없는 듯 몸이 둥실 떠오르는 느낌만 또렷이 남아 있다. 이 기분은 "맨체스터 유나이티드가 박지성을 원한다"는 이철호 사장의 말을 들은 날 정확하게 재현되었다.

무명 선수였던 나는 그렇게 해서 마침내 태극마크를 달았다. 내 인생의 행운은 그때부터 시작이었다.

감독들 친분으로
선발됐다는 소문 ─────────

올림픽 대표팀에 합류하게 되었지만 내 신분은 연습생이나 다름없었다. 가능성을 보고 뽑은 만큼 잠깐의 실수만으로도 곧바로 탈락시킬 여지는 언제나 있었다.

허정무 감독은 명지대와의 연습경기를 통해 내가 경기를 풀어나가는 방식이 지능적이고 체력이 뛰어난 점에 주목했다고 한다. 하지만 이런 이야기는 올림픽이 끝난 한참 후에나 들었고 당시에는 까마득하게 몰랐다. 그래서 늘 불안감이 가슴속에 자리 잡고 있었다.

내가 올림픽 대표팀에 간다고 하니까 학교 선배들은 진심으로 격려해 주었다.

"테스트 잘 받아서 꼭 살아남아라."

정작 나는 자신이 별로 없었다. 그곳에는 연령별 청소년대표를 거치며 착실하게 엘리트 코스를 밟으며 커온 선수들이 있었다. 게다가 나보다 최소한 두 살은 많은 선배들과 경쟁해 살아남을 수 있을까? 시드니 올림픽은 고사하고 테스트 받으러 가서 연습경기 한번 제대로 해보지 못한 채 도로 보따리를 싸게 되지는 않을까?

가기 전에는 이런저런 생각에 밤잠을 설칠 지경이었으나 막상 올림픽 대표팀에 합류하고 나니 마음이 한결 편안해졌다. 언젠가 들었던 '피하지 못하면 즐겨라'는 말이 생각났다.

'이왕 여기까지 온 거 어디 끝까지 해보자.'

밀어붙이기 근성이 발동되었다고나 할까.

하루가 지나고 이틀이 지나 어느덧 합숙 훈련 기간도 끝났다. 허 감독은 나에게 별 말씀이 없었다. 내가 만족스러웠을까? 아니면 탈락? 소속팀이던 명지대로 돌아가자 뜻밖에 김희태 감독이 기쁜 표정으로 나를 반겼다.

"너 가서 잘한 모양이더라. 허 감독이 아주 만족스러워하던걸."

올림픽 대표팀에 선발된 이후부터 대표팀과 명지대에서의 훈련을 병행하느라 정말 바쁘게 살았다. 올림픽 대표팀 분위기는 매우 엄격했지만 뛰어난 선배들과 함께 즐겁게 지냈던 기억이 오히려 더 인상 깊게 남아 있다.

특히 룸메이트를 오랫동안 했던 박진섭 형에게는 많은 것을 배웠다. 당시 오른쪽 윙백으로 한국 축구의 유망주 가운데 하나로 평가받던 진섭 형의 경기 스타일과 생활 자세 등은 어린 나에게 말로 설명할 수 없는 귀한 가르침을 주었다. 대표팀에서 나의 첫 포지션이 오른쪽 윙백으로 진섭 형의 백업 요원이어서 더욱 배울 것이 많았다.

지금도 내가 무척이나 좋아하는 선배인 김남일 형, 안효연 형 등과

도 올림픽 대표팀에서 만났다. 남자답고 속이 깊은 남일 형은 친형이 없는 나에게 형제간의 따뜻한 정을 느끼게 해준 사람이다. 항상 재치 있고 즐거운 효연 형은 때로는 친구처럼, 때로는 형처럼 나를 물심양면으로 도와주었다.

올림픽 대표팀에서 처음 오른쪽 측면에서 뛰었던 나는 이후 수비형 미드필더와 왼쪽 윙백 등 이곳저곳을 돌아가며 뛰었다. 말하자면 그때부터 멀티 포지션 플레이어였던 셈이다.

미드필드 전 지역을 두루 경험

남일 형은 언제나 든든한 후원자다.
어깨를 툭 치며 던지는 격려는 나를 웃게 한다.

한 것이 이후 나에게 큰 도움이 되었다. 현대 축구에서 스트라이커나 중앙 수비수 등 특정 포지션을 제외하고 어느 한 위치에서만 뛸 수 있는 선수는 그리 환영받지 못한다. 만약 내가 어린 나이에 올림픽 대표팀처럼 수준 높은 팀에 속해 여러 포지션에서 뛰어보지 못했다면 지금쯤 한 포지션에만 기용될 수 있는 선수가 되어 있을지도 모른다.

올림픽 대표팀에서 받은 민첩성 훈련 프로그램도 좋은 경험이었다. 허정무 감독은 선수들의 민첩성을 기르는 일에도 남다른 공을 들였다. 이전에는 해보지 못한 여러 가지 훈련을 통해 나는 체력과 민첩성을 한층 업그레이드시킬 수 있었다.

오늘날 내가 덩치 큰 유럽 선수들과의 몸싸움에서 쉽게 밀리지 않는 것, 신체 밸런스를 유지하며 빠르게 방향전환을 할 수 있게 된 것 등은 그때의 훈련이 밑바탕이 되었기 때문이다.

나중에 안 사실이지만 무명이었던 내가 올림픽 대표팀에 뽑힌 것을 두고 갖가지 소문과 억측이 나돌았다고 한다. 허정무 감독과 김희태 감독의 친분 때문에 내가 선발됐다는 것이었다. 나는 그런 이야기를 몰랐으니까 괜찮았지만 나로 인해 공연한 오해를 받았던 은사님들에게 죄송스러운 마음이다. 그 와중에도 김희태 감독은 항상 나를 이렇게 변호했다고 한다.

"지성이는 하루하루가 다른 선수야."

태극마크와의
인연 ─────────────────

    올림픽 대표팀은 순항을 하며 무사히 시드니 올림픽 본선에 올랐다. 순항이라고는 해도 시드니행 티켓을 거머쥐기 위해서는 숱한 고비를 넘겨야 했다. 가장 어려웠던 경기는 아마 최종 예선전 막바지였던 1999년 10월 중국과의 원정 경기 아니었을까 한다.

    경기가 벌어진 중국 상하이의 공런(工人) 경기장의 분위기는 그야말로 살벌했다. 관중이 얼마였는지 정확히 기억나지 않지만 그라운드 위에서 바로 옆 동료의 말소리가 들리지 않을 정도로 응원이 광적이었다.

    중국은 그 경기에서 이기지 못하면 올림픽 본선 진출이 어려운 상태였다. 경기 전에 만난 중국 선수들 표정은 비장하다 못해 무섭기까지 했다.

    대표팀 전력도 만만치 않아서 리티에, 순지하이, 리웨이펑, 리진위

등 이른바 중국 축구의 황금 세대들이 포진해 있었다. 대부분 브라질 유학파로 어린 시절부터 축구만을 위해 살아온 선수들이었다. 한국만 만나면 맥없이 무너지던 옛날의 중국이 아니었다.

당시 중국 멤버 가운데 순지하이가 현재 맨체스터 지역의 더비 라이벌인 맨체스터 시티에서 뛰고 있다. 또 리티에는 에버튼에서 뛰고 있다. 이것만 보아도 그때 중국 선수들 실력이 얼마나 대단했는지 알 수 있을 것이다.

경기가 시작되자 예상대로 중국은 강하게 우리를 밀어붙였다. 경기장 지붕이 들썩거릴 정도로 시끄러운 '자요(加油)'라는 중국 팬들의 응원 구호를 등에 업은 채.

우리도 만만히 당하지는 않았다. 경기 초반 중국의 기세를 잘 견딘 후 신병호 형이 골을 터뜨렸다. 결국 상대에게 한 점 내주어 1 대 1로 비겼지만 우리로서는 절반의 성공이었다. 그것으로 시드니 올림픽 본선행이 결정되었으니까.

이듬해부터는 올림픽 본선 준비를 위한 더욱 강한 훈련과 연이은 전지훈련이 기다리고 있었다. 그리고 나는 염원했던 성인 국가대표팀에 뽑히게 되었다.

2000년 4월 서울에서 아시안컵 예선전이 벌어졌다. 대한축구협회와 올림픽 대표팀·국가대표팀 감독을 겸했던 허정무 감독이 이 대회에 올림픽 대표팀 선수들을 대거 기용하기로 했고 나도 그 중 하나였다.

나의 첫 A매치는 2000년 4월 5일 동대문 운동장에서였다. 상대는 라오스. 내 실력이 진짜 뛰어나 A대표팀(성인 국가대표팀을 FIFA에서는 A

팀이라고 부른다)에 뽑힌 것이 아닌데다 멤버들이 대부분 같은 올림픽 대표 선수들이었기 때문에 생각보다 큰 감흥은 없었다.

그러나 지나고 보니 국가대표팀에 그렇게 데뷔한 것이 큰 행운이 아니었나 싶다. 국가대표팀에 한번 뽑힌 후로 계속 태극마크와의 인연이 이어졌으니까.

올림픽 대표팀에서나 국가대표팀에서나 나는 꽤 오랫동안 막내였다. 2002년 월드컵 이후로 많이 달라졌지만 당시만 해도 막내는 '장비 담당'이었다. 훈련이 시작되기 전에 축구공이나 훈련용 콘(플라스틱으로 만든 고깔 모양의 훈련 기구) 등 훈련 비품을 챙겨 나가고 훈련이 끝나면 다시 가지고 들어오는 것이 내 임무였다.

이천수 등 후배가 들어오기까지 상당히 오랜 시간이 걸렸기 때문에 나는 꼬박 2년 넘게 이 일을 했다. 하지만 하늘 같은 선배들과 함께 훈련하고 경기에 나가는 것이 즐거웠기에 별로 불만은 없었다. 월드컵 체제로 바뀌면서 장비 담당이 따로 생겨 후배들은 곧 이 일에서 해방되었다.

아시안컵 예선 이후로 나는 국가대표팀이 모일 때마다 선발되었다. 올림픽 대표팀과 국가대표팀을 모두 맡고 있던 허정무 감독이 잊지 않고 불러준 덕분이었다.

당장 경기를 뛰지 못하더라도 국가대표팀에 가는 것이 나에게는 큰 즐거움이었다. 그곳에는 어린 시절부터 TV에서 보았던 스타 플레이어들이 다 있었다. 홍명보, 황선홍, 최용수, 노정윤, 유상철 등 말 그대로 한국을 대표하는 기라성 같은 선수들이었다.

국가대표팀 선배들은 풍기는 것부터 달랐다. 어딘지 모르게 카리스마가 느껴졌고 오랜 경험에서 우러나오는 것처럼 경기에 완숙미가 있었다. 당시에는 일본에서 뛰던 선배들도 많았는데, 그때 처음 외국으로 나가 뛰는 것에 대해 구체적으로 생각하게 됐다.

불암산
크로스컨트리 ─────────────

올림픽 대표팀 시절을 돌아보노라면 나는 요즘도 빙그레 웃곤 한다. 올림픽 본선을 준비하면서 축구팀 전체가 태릉선수촌에 입촌한일이 있었다. 그곳에서 처음으로 경험한 여러 가지 일들은 아직도 잊지 못할 재미있는 추억거리로 남아 있다.

우선 태릉선수촌에서는 모든 선수들이 아침식사 전에 에어로빅으로 몸을 풀도록 했다. 유럽의 팀에서는 에어로빅을 위밍업 프로그램으로 도입해 실시하기도 하지만 그때까지만 해도 축구선수가 에어로빅을 하는 것은 매우 희귀한 일이었다.

에어로빅 강사의 몸동작에 따라 몸을 이리저리 움직이다 보면 제일 어색한 포즈를 취하고 있는 것은 어김없이 나를 포함한 축구선수들이었다. 우리는 서로의 어설픈 몸짓을 보며 킥킥거리기도 하고 놀리기도 하면서 즐겁게 아침 에어로빅 시간을 보내곤 했다.

또 하나 기억에 남는 일은 올림픽을 얼마 남겨두지 않고 태릉선수촌에서 항상 열리는 행사 중 하나인 불암산 크로스컨트리였다. 태릉선수촌에서는 올림픽에 출전하기 전 전체 선수단을 대상으로 선수촌 뒷산인 불암산 정상을 정복하는 크로스컨트리 대회를 열었다.

태릉선수촌에 입촌하는 선수라면 하나같이 각 종목에서 한국을 대표하는 선수들이다. 체력과 스피드 면에서 누구에게도 뒤지지 않는 일인자들이다.

상황이 이렇다 보니 크로스컨트리 대회는 은근히 각 종목의 자존심이 걸린 경쟁의 장이 된다. 어느 종목이 제일 운동 능력이 뛰어난 선수들이 하는 스포츠인지 겨루는 분위기가 자연히 형성되는 것이다.

내가 듣기로는 역대 크로스컨트리 대회에서 1위를 최고로 많이 한 것은 예상 외로 레슬링 선수들이었다. 육상이나 마라톤 선수들이 1등을 할 것 같지만 크로스컨트리는 평탄한 길을 뛰는 것이 아닌데다 스피드뿐만 아니라 강한 체력이 필요한 경기여서 날렵하고 체력이 뛰어난 레슬링 종목에서 1위가 제일 많이 나왔다고 한다.

크로스컨트리 출발에 앞서 나는 선배들로부터 협박이나 다름없는 지시를 받았다.

"지성이가 우리 팀 막내니까 꼭 1등 해야 한다. 축구인의 명예를 지켜야지!"

선배들 말이라면 고지식할 정도로 충실히 따랐던 나는 출발부터 정신없이 뛰기 시작했다. 숨이 턱에까지 찼지만 누구보다 먼저 정상에 올라야 한다는 생각에 힘든 줄도 몰랐다.

정상으로 다가갈수록 내 앞에서 뛰던 선수들이 하나둘씩 사라져갔다. 드디어 결승점에 이르러 보니 레슬링과 복싱 대표선수 각각 1명씩 먼저 도착해 있었다. 3등이었다. 한숨을 돌리고 조금 쉬고 있자 선배들과 코칭스태프들이 잇따라 도착했다. 말로는 1등을 하라고 윽박지르던 선배들은 내가 3등을 했다는 소식에 어깨를 두드려주며 축하해 줬다. 허 감독도 "야, 지성이 그동안 훈련 많이 했구나. 잘했다" 하며 머리를 쓰다듬어 주셨다.

꾸준히 해온 체력 훈련이 효과 있었구나 싶으니 기분이 하늘을 찌를 듯이 좋았다.

'내 체력이 이제는 꽤 수준에 올랐구나. 시드니에서도 한번 해볼 만하겠다.'

실패는 썼지만
교훈을 남겼다 ————————

시드니 올림픽을 돌아보면 아쉬움이 크다. 한마디로 경험 부족이었다고 할까. 우리 팀은 2년 가까이 호흡을 맞추었고 당시 멤버 가운데 이영표, 송종국, 이동국, 심재원, 설기현, 그리고 나까지 훗날 유럽에 진출하거나 유럽 무대에서 뛴 선수들이 다수 있었던 것을 보면 꽤 괜찮은 전력이었다.

그런데 본선에 나가 보니 예상과는 완전히 달랐다. 경험에서나 실력에서나 우리는 아직 배울 것이 많았다. 무엇보다 우리가 믿고 있던 홍명보 형이 호주에 도착한 후 허벅지 부상으로 뛸 수 없게 된 것이 치명적이었다. 명보 형이 그라운드 위에서 팀 전체를 이끌어주었다면 다른 팀에 비해 부족했던 우리의 경험이 어느 정도 보완될 수도 있었을 것이다.

첫 경기가 바로 벼랑 끝이었다. 상대는 '무적함대'라 불리는 스페인.

같은 조에 속한 모로코, 칠레 등 3팀 가운데 제일 까다로운 상대와 하필 첫 경기에 맞닥뜨린 것이다.

경기 시작 전 우리 선수들은 상당히 긴장해 있었다. 상대팀에는 이미 스페인 프리메라리가에서 주목받는 선수들이 여러 명 포진해 있었다. 더욱이 그때만 해도 한국 축구는 유럽에 유난히 약했다.

예상대로 스페인은 경기 초반부터 강하게 밀어붙였다. 우리 팀은 미드필드에서부터 밀리기 시작해 결국 0 대 3으로 지고 말았다. 완패였다.

당시 상황은 2001년 5월 컨페더레이션스컵에서 월드컵 대표팀이 0 대 5로 졌던 프랑스전과 너무나 비슷했다. 상대가 유럽 강국이라는 사실에 심리적으로 완전히 위축된 것이 패인이었다.

시작도 하기 전에 우리는 상대 선수들과 국가의 명성에 짓눌렸다. 코칭스태프가 아무리 달래고 을러도 선수들의 경직된 마음이 좀처럼 풀리지 않았다.

마음이 풀리지 않으니 공을 제대로 찰 수가 없었다. 시야는 반 토막이 되었고 평소에는 눈 감고도 할 수 있을 것 같던 패스가 어긋나기만 했다. 게다가 2년 동안 준비해 온 올림픽 본선 첫 경기라는 데 따른 부담감도 적지 않았다. 스페인의 명성에 압도당한 데다 그토록 벼르던 올림픽 본선이니 잘해야겠다는 부담감까지 겹쳤으니 제 실력이 나올 리 없었다.

첫 경기를 망치고 나자 우리 팀은 정신이 번쩍 들었다. 이렇게 속수무책으로 당하면 2년 동안 고생하며 준비해 온 것이 모두 허사라는 생각에 선수들은 다시 묵묵히 훈련에 몰두하며 각오를 다졌다.

멈추지 않는 도전

다행히 모로코전에서 이천수가 골을 넣어 1 대 0으로 이겼고, 마지막 경기인 칠레전에서는 1명이 퇴장당한 상황에서도 끝까지 이동국 형이 넣은 1골을 지켜 다시 1 대 0으로 이겼다. 스페인전 이후 2승을 거둔 것이다.

그러나 첫 경기에서의 패배, 그것도 3점이나 내주고 진 타격이 너무 컸다. 2승 1패의 좋은 성적이었지만 결과는 예선 탈락이었다.

처음으로 세계 대회에 나가본 나에게 시드니에서의 실패는 썼지만 좋은 교훈을 주었다. 무엇보다 유럽 선수들의 힘과 세기에 대해 느낀 점이 많았다. 비슷한 또래였지만 스페인 선수들의 여유로운 경기 운영 능력은 분명 배울 점이 있었다.

우리도 큰 무대에 대한 경험을 쌓는다면 충분히 세계 수준에서도 해볼 만하다는 자신감이었다. 그들이 우리보다 틀림없이 나은 점이 있지만 한국 축구가 절대 이기지 못할 상대는 아니라는 생각이 들었다.

"내가 마음에
안 들었나?"

    2000년은 내가 국가대표팀에 선발되기도 했지만 드디어 프로 선수로 데뷔한 해이기도 해 개인적으로 큰 의미가 있다. 내가 데뷔한 팀은 일본 J-리그의 교토 퍼플상가였다. 겨우 2년 전 수원 삼성의 2군 테스트에서 떨어졌던 내가 일본 프로팀에 입단한 것은 큰 행운이라고 생각한다.

    일본 진출 이야기가 나온 것은 대학 2학년인 2000년 초였다. 나이 어린 내가 올림픽 대표팀에서 뛰게 되면서 J-리그 팀들이 관심을 보이기 시작했다.

    처음 제의를 한 곳은 교토가 아니라 시미즈 S 펄스였다. 시미즈에서는 나와 다른 한 선수를 함께 스카우트하고 싶어했고 협상도 그럭저럭 진행되었지만 연봉 등에서 의견차가 있어 결국 흐지부지되었다.

    시미즈와의 협상이 결렬되자 이번에는 교토에서 관심을 보여왔다.

2000년 4월, 그러니까 내가 처음 국가대표팀으로 아시안컵 1차 예선에 뛸 무렵이었다.

당시 교토의 강화부장(J-리그에서 선수 수급을 담당하는 책임자)이었던 기무라 씨가 나를 보기 위해 한국으로 건너왔다. 하필이면 그때 발목을 다쳐 기무라 부장 앞에서 대표팀 유니폼을 입고 뛰지는 못했다.

국가대표팀 소집이 끝나고 명지대로 돌아오자 마침 상무와의 연습 경기가 잡혀 있었다. 기무라 부장은 나의 에이전트인 이철호 사장과 함께 내가 그 경기에 참가한다면 보고 싶다고 했다.

국가대표팀에서 2경기 정도를 쉰 덕에 발목 상태는 많이 좋아져 있었다. 김희태 감독에게 전반전이라도 뛰겠다고 했더니 출전 명령이 떨어졌다.

100% 컨디션은 아니었지만 최선을 다해 경기에 몰입했다. 명지대를 졸업한 후 K-리그에서 프로로 데뷔할 수도 있겠지만 그러자면 2년 넘게 기다려야 했다. 나는 하루빨리 프로가 되고 싶었다. 대우나 여건이 좋은 J-리그에 진출하는 것은 대학생인 나에게 언제 올지 모르는 큰 기회이기도 했다.

숙소로 돌아와 기무라 부장이 내 경기 모습에 대해 어떤 평가를 내렸는지 궁금해하고 있는데 김희태 감독으로부터 전화가 왔다. 학교 앞에 있는 식당에 기무라 부장, 이 사장과 함께 있으니 잠시 나오라는 것이었다.

식당에 들어서자 기무라 부장이 나를 쳐다보았다. 전혀 반가워하는 기색이 아니었다. 순간 '내가 마음에 안 들었나보다' 하는 생각이 들었다.

그러나 그것은 나의 지레 짐작이었다. 꾸벅 인사를 하고 자리에 앉자 이 사장이 나를 기무라 부장에게 소개했다. 순간 기무라 부장 얼굴이 묘한 표정으로 바뀌더니 무슨 말인가 했다. 이 사장은 껄껄 웃으며 내게 말했다.

"지성아, 기무라 부장은 네가 다른 사람인 줄 알았단다. 운동복 차림이어서 명지대 주무일 거라고 생각했다나?"

모두들 한바탕 웃고 나자 기무라 부장은 여러 포지션을 소화할 수 있는 능력, 활동 반경이 큰 경기 스타일 등을 장점으로 들며 내가 마음에 든다고 말했다.

"지성 군이 교토에 올 마음이 있다면 곧바로 계약하고 싶습니다."

꿈만 같았다. 드디어 내가 프로 선수가 되는 것이다. 그것도 일본J-리그에서.

2002년 교토 퍼플상가 시절.
하루빨리 프로 선수가 되고 싶던 나에게 J-리그는 언제 올지 모르는 기회였다.

멈추지 않는 도전

일본으로 돌아간 기무라 부장은 얼마 지나지 않아 계약서를 들고 다시 왔다. 모교인 명지대 축구부 발전 기금 1억 원을 교토 측에서 부담하고 나는 1년간 연봉 5000만 엔을 받는 조건으로 계약서에 사인했다.

명지대 서울 캠퍼스에서 교토 입단 발표 기자 회견이 열린 날, 한국에 유명한 스타들이 많은데 왜 박지성을 택했냐는 한 기자의 질문에 기무라 부장은 이렇게 대답했다.

"박지성 군은 가능성이 충분한 선수입니다. 두뇌 회전이 빠르고 운동량도 많습니다. 그리고 미드필드 어느 곳에서든 뛸 수 있습니다. 교토에서도 잘해주리라고 믿습니다."

축구에 빠진 채
나의 스무 살이 지나갔다 ──────

일본에서 시작하는 프로 생활은 온통 새로운 것투성이였다. 일본 J-리그는 시설, 선수 관리 등 여러 가지 인프라가 한국보다 잘 갖추어져 있었다. 내가 몸담았던 교토 퍼플상가만 해도 유소년 클럽 시스템이 완비되어 있었고 모든 연령대의 선수가 잔디 구장에서 훈련했다. 대학 시절까지도 흙먼지 날리는 경기장에서 힘겹게 뛰었던 내 눈에 일본의 앞선 시스템은 부러울 뿐이었다.

'드디어 프로가 되었구나!'

외국 생활이 처음인 나는 일단 숙소에서 생활을 하기로 했다. 지내 놓고 보니 그것이 잘한 선택이었다.

아파트에 따로 살면 편하기는 하겠지만 혼자 해결해야 할 일이 적지 않았다. 우선 먹는 것이 가장 문제였고 집 안 청소며 옷 세탁 등 그 동안 부모님이 해결해 주셨던 일들을 일일이 손수 해야 했다.

좌 | 교토 퍼플상가에 진출했던 스무
살 시절.
우 | 대학에서 프로 선수로의 모험을
감행했다. 당시 경기 모습.

숙소 생활을 하면 구단에서 알아서 처리해 주니 신경 쓸 필요가 없
었다. 게다가 처음 접하는 일본 선수들과 빨리 친해지고 일본어를 배
우는 데도 유리했다.

나는 동료인 마쓰이 선수와 제법 친하게 지냈다. 요즘도 이따금 전
화를 통해 서로 안부를 주고받고 있다. 마쓰이는 축구도 굉장히 영리
하게 하는 스타일이고 성격도 좋아 나와 죽이 잘 맞았다. 현재 그는
교토를 떠나 프랑스의 1부 리그에서 뛰고 있다. 동갑내기 마쓰이가
있어 교토에서의 내 생활은 즐거웠다.

숙소 생활의 유리한 점은 개인 훈련을 하고 싶으면 웨이트 트레이
닝 시설까지 갖춰진 구단 훈련장이 가까워 마음만 먹으면 혼자 찾아
갈 수 있다는 것이었다. 어린 나이에 혼자 살면 자칫 나태해지기 쉬운
데 숙소에서 지내면 항상 긴장감을 유지할 수 있다는 점도 숙소 생활
의 장점이었다.

교토에서 나는 무슨 일이든 열심히 하며 지냈다. 팀 스케줄에 따라
훈련과 경기를 치르는 와중에도 개인 훈련을 빼먹은 적이 별로 없었

다. 휴식시간이 주어지면 곧바로 웨이트 트레이닝 룸으로 달려가 바벨과 벤치 프레스를 잡고 땀을 흘렸다. 특히 교토에 입단하면서부터 나는 파워를 키우기 위해 웨이트 트레이닝에 주력했다. 나에게는 선천적으로 몸이 약하다는 콤플렉스가 있었다. 무엇보다 올림픽 대표팀과 국가대표팀에서 뛰면서 파워가 부족하다는 점을 뼈저리게 깨달았기 때문이다.

'나는 이제 프로다. 프로에 걸맞은 몸을 만들어야 한다.'

이것이 당시 나를 사로잡고 있던 생각이었다.

'일단 J-리그에서 살아남아야 한다. 그래야 그다음 일도 생각할 수 있다.'

나는 이를 악물었다.

교토에서의 훈련 양은 그때까지 내가 해왔던 수준에 비하면 턱없이 적었다. 과연 이 정도만 훈련해도 되나 하는 생각에 개인 훈련과 웨이트 트레이닝을 계속 병행했다. 얼마나 개인 훈련에 몰두했는지 교토의 엥겔 감독이 따로 불러 주의를 줄 정도였다.

"웨이트 트레이닝을 열심히 하는 것도 좋지만 너무 무리하면 역효과가 나니까 피지컬 트레이너와 의논해 가면서 하게."

교토에 진출한 후 운 좋게도 곧바로 주전 자리를 확보했다. 개막전부터 선발로 나서기 시작해 1년 동안 30경기 넘게 뛰었다. 교토의 유니폼 색깔인 보라색으로 꽉 찬 경기장에서 뛰는 것은 젊은 내게 더없이 즐거운 경험이었다. 투지보다 기술을 앞세우는 J-리그의 경기 스타일을 통해 그동안 배우지 못한 다양한 것을 배웠다.

축구에만 빠진 채 이렇게 나의 스무 살이 지나갔다.

말 한마디 통하지 않는
해외에서

일본 진출 이후 1년 동안 나는 생활의 절반을 일어 공부에 투자했다. 일어 공부를 시작한 이유는 필요하기도 했지만 무료해서이기도 했다.

말 한마디 통하지 않는 일본에서, 한국인이라고는 한 명도 없는 숙소에서 훈련이 끝나고 나면 딱히 할 일이 없었다. 일어 공부라도 하지 않으면 멍하니 천장만 바라보고 누워 있어야 했다.

그런 지루한 생활을 어떻게 견디었나 싶겠지만 내 성격이 한몫했다는 게 맞을 것이다. 나는 어떤 상황이 주어져도 싫다 좋다 말하지 않고 묵묵히 받아들이는 편이다. 그 덕에 낯설고 무료한 시간도 큰 갈등 없이 지낼 수 있지 않았나 생각한다.

심심해서 시작한 일어 공부였지만 만만치 않았다. 공부하는 방법도 잘 모르니 어디서 시작해야 할지 막막했다. 한국에서 사온 초급 일본어 교본을 놓고 무조건 읽고 쓰고, 다시 읽고 쓰기를 반복했다. 시간이

지나면서 어떻게 하면 잘 외워지고 어느 것을 외워야 유용한지 조금씩 보이기 시작했다. 공부에 요령이 생긴 것이다.

6개월쯤 지나자 입보다 귀가 먼저 뚫렸다. TV를 보아도 일본말이고 훈련을 나가도 일본말이어서 그랬는지, 아니면 성격상 말하기보다는 듣는 것을 즐기는 성격 때문이었는지 모르겠다.

어느 순간부터 어젯밤에 공부한 단어가 TV에서 나오고 동료들의 인사말 속에서 등장하기 시작했다. 부분부분 단어가 들리기 시작했다. 그러자 한 마디라도 더 알아듣고 싶은 마음이 커졌고, 책으로만 공부했을 때는 무슨 뜻인지 알 수 없던 말들이 동료들과의 농담 속에서 자연스럽게 깨우쳐지기도 했다.

일본에 온 지 1년이 되자 쉬운 의사표현은 별 어려움 없이 할 수 있는 수준에 오를 수 있었다. 일어 공부가 점점 재미있어졌다. 생전 처음 외국어를 마음대로 듣고 말할 수 있게 되는 데 대해 혼자 열광하며 신기해했다.

내가 일어를 할 수 있다는 사실을 팀 밖의 사람들은 잘 알지 못했다. 숫기도 없고 모국어인 한국말도 잘 하지 않는 내가 더듬거리는 일어로 낯모르는 사람들에게 말을 걸 리 없었으니까.

최초로 내가 일어로 말할 수 있다는 사실이 한국에 알려진 것은 PSV 에인트호번 진출이 결정되고 교토가 천황배에서 우승한 후 현지 언론과의 인터뷰에서였던 것으로 기억한다. 일본 기자들과 한국 특파원 몇 명이 나에게 인터뷰를 요청했는데 일본 구단 통역이 자리를 비워 내가 일어로 답하지 않으면 안 되었다. 상황이 만들어지지 않았다면 내가 일어를 할 수 있다는 사실조차 알려지지 않았을 것이다.

멈추지 않는 도전

부모님 노고에
감사드립니다

해가 바뀌어 2001년이 되자 교토는 나와의 재계약을 추진했다. 지난 1년 동안 나의 가능성을 테스트했던 교토는 1년을 남겨놓고 다시 계약 기간 2년에 연봉도 7000만 엔으로 올린 조건을 제시했다.

일본에서 프로 생활을 하는 동안 이상하리만큼 자신감에 차 있었다. 단 한 번도 '실패하면 큰일이다'라는 걱정을 해본 적이 없었다. 재계약을 하고 나니 '이제는 정말 제대로 프로로 인정을 받았구나' 하는 생각에 기쁨을 감출 수 없었다.

한국에 계시던 부모님도 이때부터 본격적으로 내 뒷바라지에 뛰어드셨다. 부모님은 내가 일본으로 건너간 후 거의 매일 전화를 하셨다. 하나뿐인 아들이 낯선 타향에 혼자 떨어져 생존을 위해 뛰고 있으니 한시도 편치 않으셨던 모양이다.

학창 시절 축구부 숙소에서 지낸 것을 제외하고는 내가 부모님 곁을 떠나 생활한 것은 교토에 입단하고 나서가 처음이었다. 숙소와 집 밖에 모르던 아들이 갑자기 아는 사람 하나 없는 일본으로 가방 하나만 달랑 싸들고 건너갔으니 그 마음인들 오죽했을까.

부모님은 나에 관한 일이라면 처음부터 끝까지 걱정이셨다. '숙소 밖에서 길을 잃으면 어떻게 하나'에서부터 '입이 짧은데 일본 음식이 안 맞아 컨디션에 영향이 있으면 어쩌나' '일어도 못하니 의사소통 안 되는 신세가 얼마나 답답할까' 등 걱정은 끝이 없었다.

내가 무사히 재계약 제의를 받아 앞으로 3년간은 일본에 더 머물 수 있게 되자 부모님은 서둘러 생업을 정리하고 일본으로 건너오셨다. 나도 숙소 생활을 접고 26평 정도 되는 작은 아파트를 얻어 부모님과 본격적인 일본 생활을 시작했다.

부모님이 일본에 오시자 비로소 그동안 얼마나 힘들게 살았는지 실감했다. 경기를 마치고 집으로 돌아와 어머니가 해주시는 밥을 먹는 게 행복했다. 부모님의 사랑이 가슴에 와 닿았다.

부모님의 아들 뒷바라지는 네덜란드를 거쳐 영국에 있는 지금까지도 계속되고 있다. 아들 인생을 뒤에서 돌보며 한국과 타향을 1년에도 수차례 왕복하시는 부모님의 노고에 다시 한 번 고개 숙여 감사드린다.

부모님의 희생이 없었다면 일본에서, 네덜란드에서 어렵고 힘든 시절을 이겨내기 어려웠을 것이다. 가끔 경기가 제대로 풀리지 않으면 말도 하지 않고 방으로 휙 들어가 버리는 못난 아들을 지켜보며 마음고생하시는 부모님에게 언제쯤 제대로 효도다운 효도를 할 수 있을까.

멈추지 않는 도전

일본 여성들과의
4대 4미팅 ───────

일찌감치 프로행을 선택한 나의 대학 생활은 겨우 1년 남짓이었다. 덕분에 일본에 가기 전까지도 미팅이라는 것을 해보지 못했다. 중고교 시절에라도 한두 번쯤은 여학생들과 콜라를 앞에 두고 마주 앉아 볼 만도 한데 나는 '여자친구 절대 불가'라는 선배들의 '격언'을 고지식하게 믿고 있었기 때문이다.

남들은 대학교에 들어가자마자 적어도 10번 이상은 해본다는 미팅을 나는 일본에서 처음으로 하게 되었다. 그것도 거의 끌려 나가다시피 해서.

교토 구단에서 가깝게 지내던 마쓰이, 아츠라, 노구치 등과 함께 4대 4로 일본 여성들을 만났다. 첫 미팅이었지만 솔직히 어떻게 시작되었고 끝났는지 기억이 별로 없다. 정확하게 언제쯤이었는지도 기억이 나지 않는다. 그저 내가 일어로 어느 정도 의사소통을 할 수 있을 때니까 첫 해는 아닐 것이라는 식으로 추측해 낸 시점이 2001년 봄이다.

다만 생전 처음 미팅을 나간다는 생각에 약간 설렜던 기분 정도가 기억에 남아 있다. 각자 파트너를 정하기도 했는데 내 파트너의 얼굴조차 잘 떠오르지 않는 걸 보면 아마 별로 마음에 들지 않았던 모양이다.

재미있는 것은 마쓰이와 함께 미팅을 주선한 여성이 뒷날 그의 부인이 되었다는 것이다. 덕분에 나는 프랑스 1부 리그에 진출해 있는 마쓰이의 부인과도 친한 사이다.

또 하나는 같이 미팅에 나갔던 노구치라는 동료의 나이가 29세였다는 것이다. 미팅이라고 하면 또래들끼리 나가 역시 비슷한 또래의 여성들과 만나는 것으로 알고 있었는데 일본에서는 그렇지도 않은 모양이었다. 당시 스무 살이었던 나보다 아홉 살이나 많은 노구치가 나란히 앉아 차도 마시고 떠들고 했던 것을 생각하면 지금도 웃음이 난다.

내가 좋아하는
사람들 ————————————————————

    내 주위에는 그다지 사람들이 많지 않다. 워낙 사람을 사귀는 데 시간이 오래 걸리는 스타일이다 보니 여러 사람과 깊은 정을 나누는 게 쉽지 않다. 그 대신 한번 친해지면 최대한 성의를 다하려고 노력한다.

    외아들로 커서인지 나는 친구들과 함께 지내는 것을 좋아한다. 특히 나보다 손위 형들과 있으면 배울 것도 많고 마음도 편하다. 대표팀 생활을 하면서도 그랬다. 김남일 형이나 안효연 형과는 정말 허물없이 지냈다.

    남일 형은 매력적인 사람이다. 남자다우면서도 다정다감한 성품이다. 바른 것과 그렇지 않은 것을 뚜렷하게 구분하고 언제나 바른 쪽을 선택할 줄 아는 멋진 남자다. 의리에 관한 한 남일 형을 따라갈 사람을 아직 나는 보지 못했다.

    힘들고 지칠 때 남일 형을 만나면 말없이 빙긋 웃다가 "힘내, 임마!"

하며 어깨를 툭 친다. 긴 말이 필요 없다. 남일 형의 격려는 늘 그런 식이고 나는 그것만으로도 천군만마와도 같은 힘을 얻는다.

효연 형은 올림픽 대표팀에 이어 교토 퍼플상가에서 2년 가까이 함께 생활하며 친해졌다. 친형이 있다 해도 효연 형만큼 내 마음을 털어놓을 수 있을까 싶을 정도로 허물없이 지내는 사이다.

효연 형의 매력은 주위 사람을 늘 유쾌하게 한다는 것이다. 사람들을 만나다 보면 옆에 있기만 해도 기분이 좋아지는 사람이 있다. 효연 형이 그런 사람이다. 상황이 좋을 때나 그렇지 않을 때나 곁에 있는 사람에게 배려를 하고 힘을 북돋워준다. 또 경쾌한 유머로 침울해지려는 분위기를 한꺼번에 확 바꾸어놓는 신기한 재주가 있다. 같이 있으면 기분이 좋고 고민거리가 쉽게 해결되며 유쾌해지는 사람. 청량음료처럼 시원하고 군고구마처럼 따끈하며 고소한 느낌의 사람이다.

남일 형, 효연 형과는 예전에 "은퇴하기 전에 꼭 한 팀에 모여서 뛰자"는 약속을 한 적이 있다. 우리들끼리의 '도원결의'였다. 세 명이 한 팀에 모인다면 얼마나 즐거울까 하는 이야기를 하다 이런 약속을 했다.

내일 어떤 팀으로 이적할지 모르는 것이 프로 선수의 세계다. 지금은 내가 영국 맨체스터 유나이티드에서 뛰고 있지만 조금이라도 기량이 못 미친다는 판단을 구단에서 내린다면 당장 다른 팀에 팔려갈 수도 있다.

프로 선수 3명이 한 팀에 모여서 뛰기란 현실로 이루기 힘든 꿈이다. 남일 형과 효연 형은 2005년 수원 삼성에서 같이 뛰었다. 나만 합세했으면 일찌감치 우리의 약속이 실현되었을 것이다. 하지만 이제는 처음부터 다시 시작해야 한다. 효연 형이 올해 성남으로 이적했기 때문이다.

나중에 이 책을 기억하는 팬들이 있다면 박지성과 김남일, 안효연이 같은 팀에서 뛰게 되는 날 축하해주길 바란다.

최근 가장 친해진 국가대표팀 동료 정경호도 빼놓을 수 없다. 경호는 초등학교 시절부터 전국대회에서 스치며 서로 얼굴을 알고 있는 상태였다. 경호가 주문진 중학교를 다니던 때는 우리 학교 축구부가 속초로 합숙훈련을 가서 만나기도 했다.

그렇게 오면가면 얼굴을 대했지만 워낙 낯을 가리는 내 성격 탓에 서로 말 한마디 섞지 않고 지내다가 2004년 경호가 국가대표팀에 발탁되면서 본격적으로 친해졌다.

우정을 쌓기 시작한 것은 얼마되지 않지만 그동안 선배들하고만 친하게 지냈던 내 마음속에 경호는 둘도 없는 동갑내기 친구의 자리를 금방 차지해 버렸다. 경호는 평생을 함께할 영원한 친구다.

우리 팀이 2부 리그로
추락하던 날 ─────

    교토에서 두 번째 시즌은 J2-리그에서였다. 교토는 2000년 시즌에서 리그 15위에 머물러 2부 리그로 강등되었다. 팀에 합류한 지 1년이 채 되지 않아 맞은 청천벽력이었다.

    팀이 2부 리그로 강등되었다면 소속 선수에게도 책임이 있다. 올림픽 출전과 세계청소년대회 출전으로 자주 팀을 비운 나도 책임을 느꼈다. 하지만 내가 합류하기 전 교토가 거둔 성적이 워낙 나빴기에 사실 나로서도 어쩔 수 없는 문제였다.

    정작 나를 고민에 빠뜨린 것은 교토의 재계약 제의였다. 내 계약서에는 교토가 2부로 떨어지면 다른 팀으로의 이적을 허용한다는 조항이 붙어 있었다. 마음만 먹으면 팀을 떠날 수도 있었다.

    나는 재계약을 하고 교토에 남는 쪽을 선택했다. 교토에 입단하면서부터 줄곧 경기를 뛰기는 했지만 아직 내가 가진 것을 다 보여주지 못했다는 아쉬움이 발목을 잡았기 때문이다. 또 J-리그에 완벽하게 적응하지 못한 상황에서 다른 팀으로 옮겨 새로 시작하는 것은 바람직하지 않다고 생각했다.

2부 리그이기는 하지만 익숙해진 교토에서 계속 뛰면서 실력을 쌓는 편이 더 나은 길이라고 판단했다. 특히 J2-리그는 J-리그보다 경기 수가 훨씬 많아 경기를 통해 기량을 발전시켜야 하는 나에게는 안성맞춤이었다.

결정적으로 나는 교토가 1부 리그로 올라갈 수 있는 팀이라는 것을 믿었다. 동료들과 코칭스태프 모두 그만한 능력을 갖추고 있었고 모기업인 쿄세라 역시 자금력이나 팀 운영 능력을 갖춘 그룹이었다.

'1부 리그로 올라갈 수 있는 팀이라면 다른 팀으로 가기보다 내 힘을 보태 그 시간을 앞당기겠다.'

이것이 내 각오였다.

다행히 이듬해 교토는 1년을 2부 리그에서 보낸 후 2002년 곧바로 1부 리그로 복귀했다. 뿐만 아니라 전후기 통합 5위를 기록하고 일본 천황배에서 우승을 했다. 교토 창단 사상 최고의 성적이었다. 내 힘으로만 이루어낸 일은 아니었지만 어쨌든 나도 계속 주전으로 뛰었으니 큰 힘을 보탠 것 같아 뿌듯했다.

지금도 교토 구단과는 좋은 관계를 유지하고 있다. 2부 리그로 떨어지면 휙 떠나버리는 다른 외국인 선수와 달리 끝까지 의리를 지키고 남아준 것을 교토 구단과 팬들은 높이 사주고 있는 것 같다.

나 역시 일본 J-리그의 1부와 2부를 두루 경험하며 많은 경기에 출전해 실력을 높일 수 있는 기회를 얻었다는 점에서 교토에서의 생활을 만족스럽게 생각한다.

스무 살의 무명 선수를 영입해 유럽으로 진출할 수 있는 밑바탕을
마련해 주었다는 점에서 교토 구단에 고마움을 느끼고 있다.

멈추지 않는 도전

J-리그와 K-리그가
다른 점 ──────────

인터넷 축구 게시판을 보면 일부 축구팬들이 한국 선수들의 J-리그 진출에 대해 부정적인 것 같다. 한국의 유망주들이 K-리그와 별반 수준 차이가 없는 J-리그에 진출한다고 하면 상당한 거부감을 드러내는 것을 보면 말이다.

이런 논리에 대한 나의 생각을 결론부터 말하자면 "J-리그에 가는 것도 도움이 된다"는 쪽이다.

내 경험을 돌아보면 J-리그는 한국의 K-리그와 다르기 때문에 배울 점이 분명히 있다고 생각한다. 비록 K-리그를 뛰어보지는 못했지만 대학까지의 경험을 통해 보면 한국 스타일의 축구는 정신력과 체력을 강조하고 매우 거친 경기를 운영하는 반면 일본은 아기자기하고 기술적인 면에 중점을 두는 축구를 한다.

각각 경기를 치르는 스타일에 차이가 있으니 당연히 준비하는 과

정도 다르다. 한국의 훈련 방식은 체력 강화에 초점을 맞추고 훈련 양자체도 상당하다. 학창 시절에는 하루에 세 차례씩 훈련을 한 적도 꽤 있다. 반면 일본은 체력보다는 기술과 전술적인 훈련에 비중을 더 둔다. 훈련 양도 한국의 절반 수준이다.

한국과 일본의 축구는 바로 이웃해 있지만 판이하게 다르다. 그런 만큼 한번쯤 J-리그에서 뛰어보는 것도 한국 선수에게 도움이 된다는 이야기다. 어차피 한국 선수들은 J-리그에 진출하기 전까지 한국식 훈련과 경기를 충분히 경험한다. 이를 통해 어느 정도 기량을 향상시켰다면 그다음은 다른 방식의 훈련과 경기를 겪어보는 것도 실력을 한 단계 발전시키는 데 좋은 기회가 될 것이다.

국내 팬들은 국내 스타들이 J-리그에 진출하면 프로 축구 인기가 떨어져 한국 축구의 장기적인 발전이 저해된다고 주장하기도 한다. 한국 스타들을 받아들인 J-리그는 그만큼 인기를 얻게 된다는 논리다.

이것도 내가 보기에는 '닭이 먼저냐, 달걀이 먼저냐'의 문제다. 선수가 어느 팀을 선택하느냐는 것은 순전히 개인적인 직업 선택의 자유에 해당하는 부분이다. 더 높은 연봉과 나은 환경을 누리기 위해 J-리그행을 결정했다고 무조건 나쁘게 몰아붙일 이유는 없다는 것이 내 생각이다.

비난하기에 앞서 국내 프로 구단들이 유망주를 길러내는 유소년 시스템을 확충하고 진정한 프로 구단으로서의 면모를 갖추어 J-리그보다 K-리그에서 뛰겠다는 선수들의 인식을 이끌어내는 것이 더 중요하지 않겠는가.

또 한국 축구가 진정으로 발전하려면 팬들의 의식도 변화되어야 한다. 무엇보다 '스타 없으면 경기장에 갈 필요가 없다'는 식의 태도도 바람직하지 않다. 프로 스포츠 세계에서 스타의 존재는 매우 중요하다. 하지만 스타는 항상 새로 나타났다가 사라지게 마련이다.

자기가 좋아하는 스타가 다른 팀 혹은 다른 리그로 이적했다고 응원하던 팀의 경기를 외면한다면 그 사람은 스타의 팬일 뿐 축구팬은 아닐 것이다. 영국 맨체스터 유나이티드를 대표하는 스타였던 데이비드 베컴이 스페인 레알 마드리드로 이적했다고 맨유팬들이 올드 트래포드를 찾지 않는 상황은 상상할 수도 없는 것과 같은 이치다.

그렇다면 K-리그 스타들이 J-리그로 이적해서 국내 프로 축구가 발전하지 못한다고 말하기 이전에 더 많은 팬들이 계속 프로 축구 경기장을 찾고 새로운 스타를 발굴해 내는 풍토가 마련되어야 할 것이다.

물론 한국 축구가 장기적으로 더욱 발전하기 위해서는 K-리그에서 성장한 선수들이 J-리그보다는 유럽의 큰 무대에 진출해 다양한 경험과 명성을 쌓는 것이 더 바람직하다. 또 그들이 다시 K-리그로 돌아와 자신의 노하우를 전수하는 작업이 필요하다.

모든 유망주들이 그런 기회를 갖는 것이 현실적으로 어렵다면 국내 리그에 갇혀 있기보다는 J-리그와 같은 새로운 무대에 도전해 무엇인가를 얻는 것도 대안이 되지 않을까 싶다.

K-리그는 K-리그대로 오로지 스타 마케팅에만 매달리는 구단 운영에서 벗어나 축구 인프라와 유소년 클럽 시스템 같은 장기적인 발전 방안들을 마련해야 할 것이다. 장기적인 안목과 준비 없이 지금처럼 국가대표팀이 월드컵에서 거두는 좋은 성과에만 의존해 축구의

인기를 유지하려 한다면 정말 위험한 상황이 올지도 모른다.

　유럽 클럽에서 직접 생활하면서 느낀 것은 그들이 유소년 클럽 시스템에 얼마나 많은 공을 들이고 있는가 하는 것이다. 유럽의 클럽들은 유소년 클럽을 미래에 대한 투자로 여기고 아낌없이 투자한다. 유소년 지도를 잘하는 지도자는 인기가 있고 유망주를 미리 알아보고 클럽으로 스카우트하는 일에도 적극적이다.

　물론 유럽과 한국은 축구의 토양이 다르다. 한국은 학원 축구가 저변을 형성해 왔고 이를 통해 발전해 왔기 때문에 한순간에 모든 것을 바꾸기란 힘들 것이다. 학원 축구는 발전이 많았던 만큼 문제점도 적지 않았던 것이 사실이다.

　어린 나이에 오로지 대회에 나가 좋은 성적을 거두기 위한 훈련과 경기만 한다면 축구를 즐기며 기량을 향상시킬 수 있는 기회를 잃게 된다. 축구를 즐긴다는 것, 자신이 하고 있는 일이 즐겁다는 것을 어린 나이에 깨닫는 것은 매우 중요한 듯하다.

　함께 축구를 하던 재능 있는 동료와 선후배들 가운데도 학원 축구의 강압적인 분위기와 성적 지상주의에 희생된 사람들이 있다. 만약 그들이 유럽의 클럽 시스템에서 성장했다면 뛰어난 선수가 될 수 있는 기회를 좀 더 길게 보장받을 수 있지 않았을까 하는 아쉬움이 남는다.

노력하지 않으면
행운도 외면한다 ──────────

나에게 유럽 진출이란 한마디로 언감생심이었다. 일본 무대에 나서기 전까지, 아니 올림픽 대표팀에 뽑히기 전까지 나를 주목한 사람은 고작 학교 감독님과 몇몇 지도자들뿐이었다. 유럽 진출은 고사하고 과연 내가 프로 선수가 될 수 있을지조차 불확실했다.

내가 유럽 진출이라는 목표에 대해 구체적으로 생각해 본 것은 시드니 올림픽 본선 때였다. 우리 팀을 혼쭐냈던 스페인과의 대결을 통해 나는 참 많은 것을 깨달았다. 우선 본선에 오른 다른 팀들의 경기를 곁에서 지켜보면서 '세상에는 축구를 잘하는 선수들이 정말 많구나' 하는 생각을 하게 되었다. 동시에 내 기량이 또래의 세계적 선수들에 비해 턱없이 부족하다는 것도 절감했다.

그렇다고 좌절할 일은 절대 아니었다. 그들이 내 앞에서 빨리 뛰고 있기는 하지만 결코 따라잡지 못할 정도는 아니었다. 언젠가는 그들도 한 번쯤 쉴 것이고 그때 내가 쉬지 않고 나아간다면 차이는 조금이라도 줄어들 것이다. 중요한 것은 내가 쉬지 않고 뛰고 있다는 것이지 그들이 내 앞에 있다는 사실이 아니었다.

지금 돌아보면 조금은 황당한 자신감이자 의욕이었다. 내가 아무리 열심히 훈련하고 경기에서 최선을 다한들 유럽 팀들이 한국과 일본에서 뛰는 나를 주목하고 영입하기로 결정하겠는가.

최근 후배 김동현이 수원에서 뛰다가 포르투갈로 이적했다. 그런 일은 행운이 따라야 하는 일인 것 같다. 유럽 클럽의 스카우트 시스템은 유럽에 우선적으로 맞추어져 있고, 브라질과 아프리카쯤으로 옮겨가기 때문이다. 한국과 일본까지 그들의 눈길이 돌아가기란 드문 경우다.

아시아 선수들이 유럽으로 진출하기 위해서는 월드컵이나 세계청소년대회에서 기량을 보여주는 것이 유일하다는 결론인데 그 역시 쉽지 않다. 우선 대표팀에 뽑혀야 하고 또 팀 전체가 좋은 성적을 거두어야 그나마 눈길을 받을 수 있다.

개인적인 노력 이외에 이런 상황적인 요소들이 잘 결합해야 비로소 가능한 유럽 진출을 이룰 수 있었던 것은 행운이 따른 덕분인 것 같다. 행운이 없었다면 히딩크 감독을 만날 수 없었을 것이고 2002년 한일 월드컵에도 나가지 못했을 것이다. 그랬으면 네덜란드 PSV 에인트호번도, 영국 맨체스터 유나이티드도 나와는 먼 인연으로 남아 있었겠지.

행운이 내 성공의 많은 부분에 작용한 것이 사실이다. 다만 한 가지 덧붙이고 싶은 것은 노력하지 않는 사람에게는 행운도 따르지 않는다는 게 내 개인적인 소신이다.

슬럼프에 빠질수록 자신감을 가져라

누구에게나 슬럼프가 있기 마련이다. 나 역시 힘들고 어려웠던 시기가 있었다. 가장 힘들었던 때를 꼽으라면 히딩크 감독의 부름을 받고 네덜란드로 처음 갔을 때이다.

당시 나는 소속팀 일본 교토 퍼플상가와 2002 한일 월드컵 대표팀을 오가며 하루도 쉬지 못한 채 몸을 혹사시켰다. 에너지는 소진되었고 몸에서는 재충전이 필요하다며 빨간불이 들어왔다. 생전 처음 무릎 수술을 위해 수술대에 오르기도 했다.

심신이 지친 상태였는데다 네덜란드라는 낯선 환경에 적응하는 데 힘이 곱절로 들었다. 당연히 경기는 부진했고 홈 관중들은 나를 곱게 보아줄 리 없었다. 심지어 내가 경기장에 들어설 때마다 끊임없는 야유를 퍼부었고 심각한 슬럼프에 빠져들었다.

그때 나를 지탱해 준 것은 나는 해낼 수 있다는 믿음 하나뿐이었다. 당시 영어를 지도했던 네덜란드 교포 세실리아 박이 "그렇게 힘든데 견뎌낼 수 있겠냐"고 물은 적이 있다.

그때 나는 이렇게 말했다. "전 제가 가진 능력의 절반도 아직 보여주지 못했어요. 만약 제 능력을 모두 보여주고, 그래도 안 되겠다 싶으면 미련없이 돌아갈 겁니다. 하지만 아직 아니에요. 무엇보다도 네덜란드에서 실패할 것이라는 생각은 하고 싶지 않아요. 난 나를 믿어요."

슬럼프에 허덕이고 있을 때 나는 스스로 다독이고 독려했다. 경기장에 들어설 때마다 습관처럼 '지금 이곳에서 내가 제일이다'라는 주문을 외우곤 했다. 실패와 성공은 마음먹기에 달려 있다고 생각한다. 실패했다고 생각하면 그 순간부터 실패의 길로 들어서는 것이다. 하지만 포기하지 않는 한 실패는 없다고 생각한다.

잉글랜드 프리미어리그로 이적한 후 좀처럼 첫 골이 터지지 않아 마음고생이 적지 않았다. 팬들은 날마다 조바심 내며 첫 골을 기다렸다. 누구보다 골을 기다린 사람은 바로 나였다. 그렇다고 터지지 않는 골을 억지로 만들 수도 없는 노릇 아닌가. 그럴수록 '나는 할 수 있다'는 주문을 더 자주 외웠다. 그리고 골에 집중했고 기어이 첫 골이 터졌다.

성공한 사람들은 항상 자신의 미래를 긍정적으로 그린다는 공통점을 가지고 있다고 한다. 수긍이 가는 대목이다. 여기에 한 가지 덧붙인다면 성공을 향한 집념을 가지고 끊임없이 노력해야 원하는 결과를 얻을 수 있다는 것이다.

5장

도전은 계속된다

누구나 넘어질 수 있다.
그러나 넘어진 모든 사람이 다시 일어설 수 있는 것은 아니다.
넘어졌지만 일어서기 위해 노력해야 한다.
아직 목표 지점은 저 멀리 있지만
다시 도전하기 시작했다는 사실만으로도 충분히 행복하다.

히딩크 감독의
예언 ────────────

히딩크 감독과의 만남을 뭐라고 표현해야 할까. 모든 사람의 인생에는 적어도 인생을 바꿀 만한 기회가 세 번쯤 온다고 한다. 정말 그렇다면 히딩크 감독과의 만남이 그런 것 아닐까.

히딩크 감독은 내가 가진 잠재력을 눈에 보이는 기술로 바꿔놓은 사람, 그토록 꿈꾸던 유럽 무대에 발을 들여놓을 수 있게 이끌어준 사람이다.

히딩크 감독과의 첫 만남은 2001년 1월 울산 전지 훈련에서였다. 히딩크 감독의 첫 국가대표팀 훈련이었다.

당시 훈련에는 30명이 넘는 선수가 소집되었다. 2002년 한일 월드컵을 1년 8개월 앞둔 상황에서 한국팀의 지휘봉을 잡은 히딩크 감독은 기술위원회에서 국가대표팀에 뽑힐 만한 선수 50명의 명단을 받아들고 소집이 가능한 선수들을 전부 울산으로 불러 모았다.

그해 울산은 지독히도 추웠고 선수들은 스페인 레알 마드리드와 네덜란드 대표팀 사령탑을 역임했다는 외국인 감독과의 첫 만남에 조금 긴장해 있었다.

첫 선수단 미팅 때 히딩크 감독이 풍긴 인상은 카리스마 그 자체였다. 특유의 허스키한 목소리로 선수들의 눈을 하나하나 쳐다보며 쏟아내는 영어는 네덜란드 악센트가 섞여 있어 더욱 힘있게 들렸다.

히딩크 감독이 온 후 국가대표팀은 여러 가지가 바뀌었다. 훈련장 밖에서도 선수들의 복장이 엄격하게 통일되었다. 식사 시간 자리 배치까지 코칭스태프의 결정에 따라야 했다. 예전의 훈련 방식이 몸에 익었던 선배들에게서는 작은 불만의 목소리도 터져나왔지만 막내인 나는 그저 얼떨떨하기만 했다.

울산의 강동구장에서 우리는 A팀과 B팀으로 나뉘어 고려대, 울산현대 등과 연습경기를 했다. A팀에는 당연히 국가대표팀에서 주전으로 뛰던 선배들이 포함되었다. 나는 올림픽 대표 시절 동료들과 국가대표팀에 자주 뽑히지는 않았지만 대표급 선수로 인정받던 선수들과 함께 B팀에서 뛰었다.

그때만 해도 히딩크 감독이 나를 주목하리라고는 꿈에도 생각지 않았기 때문에 마음 편하게 훈련하고 연습경기에 임했던 것 같다. 물론 월드컵에 나가고 싶었던 만큼 내가 가진 것을 낱낱이 보여주겠다는 각오는 되어 있었다. 하지만 언제나 B팀에서 뛰는 신세여서 무엇 하나 확신할 수 없었다.

나중에 언론을 통해서 안 사실인데 히딩크 감독은 첫 전지 훈련에서 강동구장 그라운드가 혹한으로 꽁꽁 얼어붙어 살얼음까지 깔렸는

데도 연습경기에 나간 내가 상대
팀 볼을 빼앗으려 주저하지 않고
태클하는 모습을 보고 혼잣말을
했다고 한다.

"그 녀석 정신력 하나는 좋네."

그라운드에서 정신없이 뛰던
나로서는 정말 그랬는지 알 수 없
다. 다만 이후로도 계속 국가대표
팀 훈련에 소집된 것을 보면 내 정
신력이 정말 히딩크 감독 마음에
들었던 모양이다.

2002년 1월, 히딩크 감독과 만
난 지 꼭 1년 후 미국 골드컵에 나

2003년 피스컵. 나를 믿어주고 이끌어준 히딩크 감독에게는
늘 감사한 마음을 지니고 있다.

갔을 때 히딩크 감독으로부터 정신력에 대한 칭찬을 직접 들을 수 있
었다.

멕시코전을 앞두고 나는 발목을 다쳤다. 선수들이라면 그라운드를
보면 뛰고 싶은 것이 당연한 심정이다. 더욱이 당시는 월드컵 최종 엔
트리를 향한 경쟁이 치열한 때였다. 부상으로 경기를 뛰지 못한다는
사실로 인해 나는 적지 않게 실망하고 있었다.

우울한 기분에 젖어 경기장 벤치에 앉아 다른 선수들이 곧 시작될
경기를 준비하는 모습을 지켜보는 나에게 히딩크 감독이 그의 통역
을 맡고 있던 전한진 대한축구협회 과장과 함께 다가왔다.

히딩크 감독은 무슨 말인가 하며 내 어깨를 한 번 툭 쳤다. 전 과장

이 그 말을 곧 통역해 주었다.

"지성아, 감독님이 너는 정신력이 뛰어나 세계 최고 클럽에서 뛸 수 있을 거라고 하신다. 기술이나 다른 것이 뛰어나고도 정신력이 따르지 못하면 최고가 될 수 없는데 너는 가능성과 함께 뛰어난 정신력을 가지고 있으니 희망을 갖고 열심히 하란다."

히딩크 감독과 나눈 말이라고는 몸짓을 섞은 농담 정도가 고작이었던 나로서는 느닷없는 칭찬에 잠시 멍해졌다. 히딩크 감독은 통역의 말에 얼떨떨한 표정을 짓던 나를 뒤로 한 채 언제 그랬냐는 듯 유유히 그라운드 쪽으로 걸어갔다.

'세계 최고 무대에서 뛸 수 있다고? 과연 가능할까? 내가 부상 중이라 위축될까봐 괜히 그러시는 것 아닐까?'

실감은 나지 않았지만 어쨌든 기분은 좋았다. 히딩크 감독은 세계 최고 무대를 직접 경험한 지도자였다. 그런 사람이 나에게 가능성을 발견했다고 하는데 기분이 좋지 않을 이유가 없었다. 설사 그 말이 단순한 립 서비스였다 해도 상관없었다. 히딩크 감독의 말을 듣는 순간 울적함은 씻은 듯 사라지고 하늘이라도 날아오를 듯 가슴이 벅차올랐다.

히딩크 감독은 내가 잉글랜드 프리미어리그에 갈 것을 예견하기도 했다. 2002년 5월 초 대표팀은 제주도 서귀포에서 합숙 훈련 중이었다.

월드컵 개막을 앞두고 선수단 전체의 긴장도는 나날이 높아져 가고 있었다. 동시에 나 역시 그동안 히딩크 감독과 함께한 훈련으로 무엇인가 달라졌다는 자신감도 커가던 시기였다.

호텔 로비에서 방으로 가던 나는 히딩크 감독과 박항서 코치를 복도에서 우연히 만났다. 히딩크 감독은 박 코치를 통해 내 컨디션과 기분 등 이것저것 물었다. 그러더니 불쑥 말하는 것이었다.

　　"월드컵에서 제대로 한번 보여주자. 지성이도 잉글랜드 같은 큰 무대에서 뛰어야지? 만약 월드컵에서 우리 팀이 좋은 성적을 올리기만 하면 지성이는 충분히 잉글랜드에서 뛸 수 있을 것이라고 난 생각한다."

　　순간 내 작은 눈이 화등잔만해졌다. 비교적 잘 열리지 않는 입에서 나도 모르게 "잉글랜드라구요?"라는 말이 터져나왔으니 나의 반응이 어느 정도였을지 짐작할 수 있을 것이다. 깜짝 놀라는 나의 반응에 히딩크 감독은 특유의 장난스러운 미소를 지었다.

　　"물론 운도 좀 따라야지."

　　또 한 번 내 어깨를 툭 치는 히딩크 감독. 나중에 영국 맨체스터 유나이티드로부터 이적 제의가 왔을 때 나는 히딩크 감독과 전화 통화를 하며 말했다.

　　"감독님이 잉글랜드에서 뛸 수 있을 거라고 하셨는데 진짜 잉글랜드에서 제의가 왔네요."

　　히딩크 감독은 그런 예언을 했다는 사실을 기억하지 못하고 농담으로 받아넘겼다.

　　"내가 그랬나? 저런 실수를 했군. 네덜란드에서 계속 뛸 거라고 말했어야 하는데."

　　다시 돌아보아도 히딩크 감독이 보여준 무언의 격려와 관심이 없었다면 어린 내가 과연 지금까지 성장할 수 있었을까 싶다.

맞아본 사람이
싸움도 잘한다 ──────────

월드컵을 준비하면서 나는 수많은 소중한 경험을 했다. 2001년
5월 컨페더레이션스컵에서 프랑스와 맞붙어 0 대 5로 패한 것도 그
중 하나였다.

히딩크 감독에게 '오대영'이라는 별명을 붙여준 참혹한 대패였다.
한국이 과연 개최국 최초로 16강에도 오르지 못하는 불명예를 안는
것 아니냐는 암울한 전망마저 나오기도 했지만 나에게는 세계 정상
급 축구가 어떤 것인지 깨닫게 해준 잊지 못할 경기였다.

경기에 나서기 전부터 우리 팀은 프랑스의 명성에 잔뜩 기가 죽어
있었다. 라커룸에서 나와 선수 입장을 기다리며 대기 통로에서 줄을
서 있던 우리 선수들은 TV에서나 보던 프랑스 선수들이 하나둘씩 나
오는 모습을 마치 팬들처럼 구경했다.

나 역시 그랬다. '정신을 차려야지' 하면서도 유명 선수들이 내 눈앞

멈추지 않는 도전

으로 다가오면 제대로 집중할 수가 없었다.

상황이 이렇다면 경기는 이미 해보기도 전에 승부가 난 것이나 다름없었다. 우리는 그라운드에 나가서 정말 발 한번 제대로 뻗어보지 못하고 패했다. 순식간에 전반에만 3골을 허용했고 그다음부터는 국가대표팀 간 경기라고 말할 수 있는 수준이 아니었다.

프랑스는 과연 빨랐다. 어떻게 해볼 겨를도 없이 수비가 뚫리기 무섭게 골이 들어갔다. 수비형 미드필더로 출전한 나 역시 정신을 차릴 수 없었다. 내 옆으로 공이 돌아서 나가는 것을 보고 '아, 공을 뒤쫓아가야겠다'라고 생각한 순간 벌써 공은 페널티 에어리어까지 가 있었다.

경기 결과는 참담했다. 우리는 힘없이 고개를 숙인 채 그라운드를 빠져나왔다. 라커룸에서 히딩크 감독이 어떻게 질책할까 마음을 졸이고 있었다.

의외였다. 히딩크 감독은 조금 굳은 얼굴이기는 했지만 전혀 비난이라고 할 만한 말을 하지 않았다.

"오늘 여러분은 세계 정상급 팀의 경기를 경험했다. 월드컵에서는 이런 팀들과 맞붙어 이겨야 우리의 목표를 이룰 수 있다. 이제 시작이니 너무 실망하지 말자. 좋은 경험으로만 생각하자."

단순히 이렇게 말한 게 전부였다. 순간 풀이 죽어 있던 내 마음속으로 새로운 용기 같은 것이 솟았다.

'어차피 우리는 세계적인 축구 강국에게 도전하는 입장이다. 오늘 경기는 리허설이었고 진짜는 내년에 열린다. 오늘의 패배를 잊지 말고 1년 동안 열심히 노력하면 될 것이다!'

그 후로도 우리 팀은 2001년 8월 체코에게 또다시 0 대 5로 패하는 등 숱하게 '매'를 맞았다. 하지만 본선을 준비하면서 부족한 점을 발견해 고치는 과정이라는 생각에 다들 심하게 절망하지는 않았다. 오히려 월드컵 개막이 다가올수록 점점 자신감이 차오르는 것을 느꼈다.

싸움판에서는 많이 맞아본 사람이 싸움도 잘한다는 말이 있다. 피가 터지고 상처가 나는 데 대한 두려움을 극복했기 때문에 겁이 없어지고 맷집도 생기기 때문이다. 남은 것은 공격하는 일뿐이었다.

월드컵 대표팀도 그와 비슷한 과정을 겪은 것이 아닌가 생각된다. "유럽의 강팀을 상대로만 평가전을 하겠다"는 히딩크 감독의 방침도 이 점을 노렸던 것이다.

나 역시 유럽 축구에 대한 막연한 불안감과 경외심 같은 것들이 월드컵을 준비하면서 상당 부분 사라졌다. 그들도 사람이고 우리도 그들 골문에 골을 넣을 수 있다는 자신감이 생겼다. 끈질기게 물고 늘어지면 이길 수도 있다는 사실을 몸소 체험했다. 이것은 더없이 중요한 경험이었다.

우리의 자신감과 투지가 집대성되어 나타난 것이 월드컵 개막 직전에 가졌던 세 차례 평가전이었다. 우리 팀은 달라졌다.

스코틀랜드에게 4 대 1로 이기고 잉글랜드에게는 1 대 1 무승부를 거두었다. 그리고 1년 전 0 대 5로 우리를 짓밟았던 프랑스와는 거의 대등한 경기를 펼치며 2 대 3으로 아깝게 졌다. 컨페더레이션스컵에 출전한 프랑스팀은 에이스급 선수 몇몇이 빠진 상태였지만 월드컵 직전 평가전에서는 지단, 트레제게 등이 모두 포함된 명실상부한 세계 최강팀이었다.

그들은 우리에게 쩔쩔맸다. 트레제게에게 한 골을 내준 후 나와 설기현 형이 잇따라 골을 터뜨려 전반전을 2 대 1로 앞서기도 했다.

우리가 여기저기서 무참하게 얻어맞아 본 경험이 없었다면 과연 이같은 경기력을 갖출 수 있었을까. 한국 축구가 겪어보지 못했던 유럽 축구에 대한 경험이야말로 월드컵 4강 신화의 비결이었다.

히딩크 감독에게
제일 고마운 것 ——————————

"히딩크 감독에게 제일 고마운 것이 무엇입니까?"

누군가 물으면 나는 항상 이렇게 대답한다.

"내 속에 숨어 있던 잠재력을 현실로 끌어내 주신 것입니다."

어떤 면에서 그러냐고 묻는다면 딱 꼬집어 이야기할 수 있는 것이 한 가지 있다. 바로 공격수로의 변신이다.

2002년 4월, 우리는 중국과 평가전을 치렀다. 1998년 프랑스 월드컵 직전 한중전에서 황선홍 선배가 큰 부상을 당해 월드컵을 망쳤던 기억 때문에 팬들은 이 경기를 엄청나게 반대했다.

그러나 축구선수 박지성에게는 일생일대의 변화가 일어난 경기였다. 경기 전 히딩크 감독이 중국전에 출전할 엔트리를 발표하는데 내가 스리톱의 오른쪽 윙 포워드였다.

나는 포지션이 달라졌다는 것도 깨닫지 못한 채 단지 선발로 뛰게 되었다는 사실에 기분이 좋았다. 그런데 가만히 되짚어보니 내가 공격수였다.

이상하다는 생각이 들었지만 내 성격이 어디 이유나 물어볼 정도로 숫기가 있던가. 그저 '감독님이 뛰라면 뛰어야지' 하는 생각으로 위밍업을 하러 나갔다.

경기가 시작되고 최전방에서 뛰면서 새로운 경험을 했다. 일단 최전방에서 뛰어본 게 너무도 오래전이었다. 내 기억으로는 중학교 때가 마지막이었던 것 같다. 또래보다 키가 작았던 나는 체격을 중요시하는 학원 축구의 풍토상 최전방 스트라이커보다는 미드필더 포지션에 어울린다는 코칭스태프의 판단으로 인해 쭉 미드필더로 뛰었다. 미드필드에서는 거의 가리는 포지션이 없었다. 수비형, 공격형, 좌우측 윙백까지 모두 소화했다.

그래서인지 국가대표팀에 들어온 후 다양하게 주어지는 미드필더로서의 임무가 어렵다고 느낀 적은 없었다. 수비형은 수비형대로, 공격형은 공격형대로, 윙백은 윙백대로 제각기 묘미가 있었다. 포지션별 묘미를 즐기며 플레이를 하다 보면 어느새 90분이 지나가곤 했다.

그래도 내가 공격수로 뛰게 되리라고는 예상하지 못했다. 나뿐만 아니라 히딩크 감독과 핌 베어벡 코치를 빼고는 다른 대표팀 코칭스태프들도 대부분 몰랐을 것이다.

어떻게 뛰었는지 정확하게 기억은 나지 않지만 아마 내 경기 내용이 꽤 만족스러웠던 모양이었다. 히딩크 감독은 경기 후 가진 기자 회견에서 나를 공격수로 기용한 이유에 대해 이렇게 설명했다.

"박지성은 최전방 라인과 미드필드 라인 사이에서 교묘하게 움직이며 상대를 괴롭힐 줄 아는 선수입니다."

앞으로도 나를 스리톱의 일원으로 기용할 것이라는 선언을 한 셈이었다. 월드컵 최종 엔트리를 향한 경쟁이 치열한 가운데 히딩크 감독의 평가를 듣고 나는 남몰래 안도의 한숨을 쉬었다.

'아, 이제 월드컵에 나가게 되는구나, 그것도 공격수로.'

'히딩크호'라고 불리던 월드컵 대표팀 준비 기간에 거쳐 간 선수는 줄잡아 50명이 넘었다. 하나같이 우리나라에서 최고로 꼽히던 선수들이었다. 그 중 단 23명만 월드컵 본선 최종 엔트리에 이름을 올릴 수 있었다.

최종 엔트리 제출 시한이 다가올수록 선수단 안에서는 침묵이 흐르는 시간이 많아졌다. 엄청난 긴장감에 파주 트레이닝센터의 공기마저 무겁게 가라앉아 있었다.

photo by 변종광

2004년 트리니다드 토바고와의 평가전, 볼을 빼앗기지 않으려고 안간힘 쓰는 상대편 수비수의 모습이 인상적이다.

멈추지 않는 도전

나도 조금은 긴장하고 있었다. 하지만 왠지 내가 월드컵에 출전하지 못하리라고는 생각되지 않았다. 일단 히딩크 감독 밑에 들어온 이후 부상으로 빠진 경우를 제외하고는 선발이건 교체건 거의 모든 경기에 뛰고 있다는 사실이 어느 정도 나를 안심시켰다.

언론에서는 2002년 3월 스페인 전지 훈련에 윤정환 선배가 합류하고 나는 컨디션이 좋지 않아 경기를 거의 뛰지 못하자 최종 엔트리에서 빠질 것이라는 예측 보도를 내기도 했다. 그때까지만 해도 언론으로부터 주목받지 못하던 입장인 나는 크게 신경 쓰지 않았다.

중국전에서 윙 포워드로 변신한 내 경기에 히딩크 감독이 만족감을 표시하는 것을 보고 마음속으로만 월드컵 최종 엔트리 한 자리를 굳힌 것이 아닌가 짐작하고 있었다.

내 예상은 맞았다. 아니, 그 이상이었다. 히딩크 감독은 나를 최종 엔트리에 포함시킨 데 그치지 않고 주전 공격수로 중용하기 시작했다. 월드컵 직전 벌어진 스코틀랜드, 잉글랜드, 프랑스와의 연이은 세 차례 평가전에서 나는 모든 경기에 공격수로 출전했다. 잉글랜드전에서 상대 포메이션의 변화로 인해 잠시 미드필드로 내려오기도 했지만 그것은 어디까지나 작전상 변화였다.

잉글랜드전과 프랑스전에서 나는 골을 터뜨렸다. 주로 수비형 미드필더로 뛰어 골을 넣을 기회가 드물었던 나로서는 엄청난 일이었다.

"와! 와!"

우레와 같은 붉은 악마의 함성 앞에서 세계적인 강국의 골네트를 흔드는 짜릿함은 잊을 수 없다. 그렇게 나와 우리의 '붉은 6월'은 시작되고 있었다.

잘 싸웠다
나의 자랑스런 동료들 ————————

월드컵 기간 동안 나에게 가장 아찔하고 아쉬웠던 기억으로 남아 있는 것은 미국전이다. 아찔한 기억은 페널티킥 때문이다. 히딩크 감독은 굉장히 카리스마 넘치고 기분파인 것 같지만 승부에 관한 한 작은 일까지 꼼꼼히 챙기는 세심한 성격이었다. 그래서 매 경기마다 페널티킥 상황이 생기면 누가 처리할지 미리 정해놓았다.

미국전의 페널티킥 전담자는 나였다. 그동안의 페널티킥 훈련을 통해 히딩크 감독은 슈팅이 정확한 선수 몇 명을 전담자로 정해두었는데 그날따라 내가 지명된 것이었다.

0 대 1로 뒤지던 상황에서 페널티킥을 얻었을 때 나는 부상으로 교체되어 그라운드에서 내려온 뒤였다. 두 번째 전담자였던 이을용 형이 바통을 이어받았고 결국 실축을 했다. 다행히 후반전에 안정환 형이 동점골을 터뜨려 1 대 1로 비김으로써 을용 형도 실축에 대한 부담

을 덜었다.

벤치에 앉아 있던 나로서는 진땀이 흐르는 순간이었다. 만약 내가 페널티킥을 찼는데 을용 형처럼 실축을 하고 끝내 미국에 졌으면 어떻게 되었을까. 또 그로 인해 한국의 16강 진출이 좌절되었다면 어떻게 되었을까. 내가 을용 형 자리에 있었더라도 골을 성공시키기 힘들었을 것 같아 그 뒤에 몰아닥쳤을지도 모를 엄청난 상황을 상상조차 하기 싫었다.

월드컵 16강 진출이 달린 중요한 경기에서, 그것도 뒤지고 있는 상황에서 얻은 페널티킥을 6만 명에 달하는 홈 관중 앞에서 차야 하는 순간을 상상해 보라. 이 세상에서 배짱이 제일 두둑한 사람이라고 해도 눈앞이 캄캄해지지 않을 수 있을까. 그런 생각을 하니 나 대신 희생한 을용 형한테 너무나 미안했다.

미국전은 내가 부상으로 경기를 마치지 못하고 내려온 유일한 경기여서, 틀림없이 이길 수 있었는데 비기고 만 경기여서 아쉬움이 많이 남았다.

2002년 월드컵 기간에 또 하나 잊을 수 없는 경기는 아무래도 내가 골을 넣은 포르투갈전이었다. 이 경기만 이기면 한국 축구의 숙원인 월드컵 16강 진출이 이루어졌기 때문에 우리 팀 선후배들은 그야말로 죽을힘을 다해 뛰었다. 다른 경기장에서 벌어지던 같은 조의 폴란드와 미국전 결과를 알지 못했던 우리에게 포르투갈 선수들이 '이렇게까지 할 필요가 있느냐'는 제스처를 아무리 써도 통하지 않았다.

나 역시 상대의 거친 태클을 피하면서 어떻게든 골문을 향해 한 발짝이라도 가까이 가기 위해 사력을 다했다. 마침내 골이 터졌다.

영표 형이 크로스로 올려준 볼이 반대편 골문에서 기다리던 나에게 날아왔다. 가슴으로 트래핑한 순간 내 앞을 지키던 포르투갈 선수가 보였다. 오른발로 다시 트래핑을 하며 그 선수를 제치는 동시에 왼발로 강슛! 골네트가 출렁거렸고 나는 미칠 것 같은 흥분에 그라운드를 내달렸다.

관중들을 향해 골 세리머니를 하고 벤치를 돌아보자 히딩크 감독이 손짓을 하고 있었다. 마치 나를 부르는 듯한 그 손짓에 나는 다른 생각을 할 겨를도 없이 벤치로 달려가 히딩크 감독 품안에 안겼다.

귀를 멍하게 하는 함성, 내 몸 위로 겹쳐지는 동료들의 기쁜 몸짓, 히딩크 감독과의 포옹…. 많은 팬들도 이 장면을 인상 깊게 기억하는 것처럼 내 기억의 저장고에는 지금도 어제 일처럼 선명히 새겨져 있다.

준결승전이었던 독일전도 오랫동안 기억에 남는 경기다. 독일전이 벌어지기 전 우리들은 정신적으로나 육체적으로 굉장히 지쳐 있었다. 이탈리아와의 16강전이나 스페인과의 8강전 모두 연장 승부까지 펼치며 총력을 다했기 때문에 몸과 마음의 에너지가 완전히 고갈된 상태였다.

하지만 결승전이 벌어질 요코하마까지 가겠다는 도전의식과 투지만큼은 살아 있었던 모양이다. 서울 상암 월드컵 경기장에 들어서자 바닥난 것 같던 힘이 어디서 생겼는지 모두들 펄펄 날았다.

'전차군단'이라고 불리며 월드컵을 세 차례나 차지한 독일이었지만 우리의 경기 내용도 결코 뒤지지 않았다. 우리 팀은 팽팽하게 겨루었고 아깝게 졌다. 더구나 0 대 1로 뒤지던 후반 막판에 나에게 온 찬스가 아깝게 수비수 발에 걸려 무산되고 말았다.

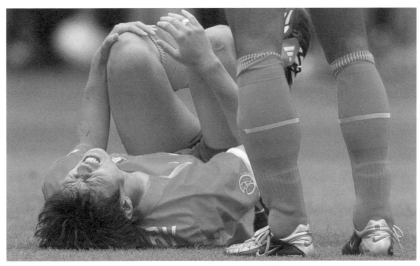

상 | 2002년 6월 한일 월드컵 미국전서 수비수와 부딪혀 부상을 입은 모습.
우 | 2002년 당시 월드컵 대표팀 동료들과 함께.

　지금도 나는 2002년 월드컵 결승전에서 브라질과 세계 최강을 다투었던 팀이 독일이 아닌 한국이 될 수 있었을 것이라고 믿고 있다. 그만큼 독일과의 경기는 아쉬웠고 나의 자랑스러운 동료들은 잘 싸웠다.

주저했던
네덜란드행 ——————————

월드컵이 끝나고 소속팀인 교토에 돌아가 다시 눈코 뜰 새 없는 경기 일정을 소화하고 있을 무렵 히딩크 감독으로부터 소식이 왔다. 네덜란드 명문이자 자신의 친정팀인 PSV 에인트호번 감독으로 가게 되었는데 나를 데려가고 싶다는 것이었다. 2002년 9월쯤이었다.

월드컵 이후 나 역시 유럽행에 대해 어느 정도 고려하고 있던 중이었다. 에이전트 이철호 사장이 시장 상황을 알아보기 위해 유럽을 한 차례 다녀왔고 몇몇 구단에서 관심을 표시하기도 했다.

마침 그때 PSV 에인트호번으로부터 영입 제의가, 아니 히딩크 감독의 부름이 날아든 것이었다. 일단 네덜란드라는 무대가 마음에 들었다. 네덜란드는 잉글랜드나 스페인, 이탈리아 같은 소위 빅 리그는 아니지만 항상 빅 리그 구단들이 주목하는 이른바 '루키 리그'였다. 비유럽권의 세계적인 유망주들이 한번쯤 거쳐가는 곳이기도 해 항상 빅 리그행 기회가 열려 있는 곳이기도 했다. 게다가 PSV 에인트호번은 아약스, 페예노르트와 함께 네덜란드의 3대 명문팀이었다. 허정무 감독이 1980년대에 뛰었던 클럽이어서 이름도 낯익었다.

무엇보다 나를 속속들이 알고 있는 히딩크 감독이 사령탑이라는 사실이 마음에 들었다. 유럽 무대 적응이 쉽지 않다는 것은 이미 안정환 형이나 다른 선수들의 경우에 비추어 잘 알고 있었다. 하지만 1년 8개월 동안 생사고락을 함께한 히딩크 감독이 사령탑이라면 적응에 따르는 고통을 어느 정도 줄여주리라는 막연한 기대감이 있었다.

마침 교토와의 계약도 2002년을 끝으로 종료되는 시점이어서 이적에는 별 문제가 없었다. 다만 무명의 나를 스카우트해 키워준 교토에서 PSV 에인트호번 못지않은, J-리그로서는 파격적인 조건을 내걸고 재계약을 제의해 온 것이 마음에 걸렸다. 의리를 따지자면 냉정하게 등을 돌리기 힘든 상황이었다.

부모님과 나는 고민에 빠졌다. 내 나이 스물한 살. '매도 먼저 맞는 게 낫다'고 당장 유럽에 진출하면 실패하더라도 다시 시작할 시간적 여유가 있었다. 또 한 살이라도 어린 나이에 가는 편이 적응에 성공할 가능성이 많았다.

다른 한편으로 생각하면 1~2년 늦게 유럽 진출을 한다고 해서 문제될 것은 없기도 했다. 아직 완벽하지 않은 나의 기량을 생각하면 좀 더 무르익고 난 다음 나가는 것이 유리할 수도 있었다. 어쩌면 유럽 진출은 월드컵에서의 성적만 믿고 무모하게 도전하는 것과 다름없다는 기분도 들었다.

부모님은 일단 교토에 남는 쪽을 택하셨다. 축구선수로서의 성공도

2003년 피스컵, PSV 에인트호번 동료들과 경기 직전 모습.

좋지만 하나밖에 없는 아들이 만리타향에 나가 고생하는 것을 지켜보기 고통스러우셨기 때문이다. 내 입장은 어느 쪽이든 상관없다는 것이었다. PSV 에인트호번에서 제의가 왔다는 사실, 히딩크 감독이 23명의 월드컵 대표팀 선수 가운데 나를 선택했다는 사실이 고맙고 기뻤지만 교토에서의 생활도 상당히 만족스러웠다.

최종적으로 부모님과 나는 이철호 사장에게 네덜란드로 날아가 PSV 에인트호번 구단과 담판을 짓고 오라고 부탁했다. 구단의 조건은 2003년 1월부터 팀에 합류하라는 것이었다. 우리는 최소한 6개월 정도만 늦추어 2003~2004 시즌이 시작될 무렵 합류하는 것을 협의해 보도록 했다. 생각할 시간을 좀 더 벌자는 작전이었다.

2002년 말 히딩크 감독과 직접 면담을 한 이 사장으로부터 생각지도 못한 내용의 전화가 걸려왔다. 협상 시간을 벌기 위해 좀 과하다 싶은 계약 조건을 내세웠음에도 PSV 에인트호번 측에서 선뜻 모든 요구사항을 들어주겠다고 했다는 것이었다. 그것은 더 이상 계약을 미룰 명분을 찾기 힘들다는 뜻이기도 했다.

부모님과 나는 결정을 내려야 했다. 히딩크 감독과 PSV 에인트호번 구단에서 나를 그토록 원한다면 그동안 우려했던 여러 가지 점들을 걱정하지 않아도 되지 않을까, PSV 에인트호번으로 가는 것이 어쩌면 나의 운명적인 도전이 아닐까 하는 생각이 들었다.

이 사장에게 계약해도 좋다고 전화를 한 후 교토 구단에 PSV 에인트호번으로 가겠다는 입장을 통보했다. 교토 측에서는 무척이나 섭섭해했다. 모그룹인 쿄세라의 회장까지 나서서 잔류를 부탁했지만 결국 나는 교토를 떠나기로 했다. 나의 네덜란드행은 그렇게 결정되었다.

그 직후인 2003년 1월 1일 일본 천황배 대회 결승전에 출전한 나는 승리의 골을 터뜨려 교토에 사상 처음으로 천황배 우승컵을 안겼다. 교토를 떠나기 전 마지막으로 그동안의 후의에 보답한 것 같아 마음이 뿌듯했다.

찢어진 연골 없애는
관절경 수술 ————————————————

네덜란드에서의 시작은 생각만큼 순조롭지 못했다. 2003년에 들어서자 내 몸에서 이상 징후가 발견됐다. 전부터 미세한 통증이 느껴졌던 오른쪽 무릎이 시간이 지날수록 아파왔던 것이다. 월드컵을 준비하면서, 올림픽 대표팀과 교토를 오가며 거의 매주 경기를 치르느라 누적된 피로가 주원인이었다.

돌이켜보니 거의 3년 동안 닷새 이상 쉬어본 적이 없었다. 소속팀에서 휴가를 받으면 곧바로 한국으로 돌아와 대표팀 훈련에 매달려야 했다. 대표팀 일정이 끝나면 다시 소속팀으로 돌아가 또 경기를 뛰었다. 그동안 몸 관리를 위해 웨이트 트레이닝과 컨디션 조절을 꾸준히 한 덕에 별 문제 없었는데 하필이면 네덜란드 이적 직후부터 오른쪽 무릎에 말썽이 생긴 것이었다.

히딩크 감독과 PSV 에인트호번 구단에는 계약 전부터 이런 사실을 충분히 알려두었다. 히딩크 감독은 직접 나서서 네덜란드 언론에 공표했다.

"박지성은 지난 3년간 너무 무리를 해서 3개월 정도 휴식이 필요한 상태다. 그동안 교체 요원으로 활용하면서 컨디션을 회복할 수 있도록 기다리겠다."

훈련 때마다 시큰거리는 무릎에 신경이 쓰여 집중할 수가 없었다.

"큰 부상은 아니며 틈틈이 물리치료를 하면 충분히 나을 수 있다."

PSV 에인트호번 의료진으로부터 낙관적인 판정을 받았지만 두 달이 지나도록 계속되는 통증의 원인도 모른 채 나을 기미조차 보이지 않았다.

3월 초 결국 나는 생전 처음으로 수술대에 올랐다. 통증이 멈추지 않자 MRI 등 정밀 검사를 받은 결과 무릎 연골 가운데 일부가 찢어진 것을 발견했다. 통증을 완전히 없애려면 찢어진 연골을 제거하는 관절경 수술을 받는 것이 가장 빠르고 확실한 방법이었다.

다행히 큰 수술은 아니었다. 시즌이 종료된 후 치료할 수도 있었으나 통증을 안은 채 그라운드에 나서 보았자라는 생각에 먼저 수술 받는 쪽을 택했다. 수술 후 4~6주 정도만 재활훈련을 하면 그라운드에 복귀할 수 있다는 점 역시 희망적으로 보였다.

큰 수술이건 작은 수술이건 마음이 가벼울 수는 없었지만 나는 용기를 내어 구단 지정 병원 수술실로 향했다. 1시간여의 수술이 끝난 후 PSV 에인트호번 주치의가 내 코앞에서 잘라낸 연골 조각을 흔드는 모습을 보며 씁쓸하게 웃음 지었다.

'저 녀석이 나를 괴롭혔구나. 어쨌든 내 몸의 일부였는데 저렇게 잘

2004년 4월 챔피언스리그 4강 AC 밀란전서 찬스를 놓친 후.

려 나오다니 너도 참⋯.'

휠체어를 타고 병원 현관을 빠져나오니 네덜란드 특유의 회색 하늘이 펼쳐져 있었다. 햇빛이라고는 찾아볼 수 없는 우중충한 날씨가 꼭 내 기분 같았다.

수술을 하고 나자 불편한 게 한두 가지가 아니었다. 네덜란드에서 살던 아파트는 복층 구조로 2층이 침실이었다. 침실에 가려면 목발을 짚고 끙끙거리며 올라가야 했다. 어찌나 힘이 들던지 한 번 올라가고 나면 다시 내려오기 싫을 정도였다.

운전도 할 수 없었다. 아들이 수술 받는다는 소식에 부모님이 급히 에인트호번으로 오셨는데 마중 나갈 방법이 없었다. 급한 마음에 주위 사람에게 부탁해 간신히 공항으로 나가기도 했다.

목발을 짚고 선 채로 입국장을 빠져나오는 부모님 얼굴을 보기가 죄송스러워 억지로 웃는 얼굴을 지어 보였다. 웃는 것도, 우는 것도 아닌 내 얼굴을 보며 아버지는 입을 꾹 다문 채 고개를 끄덕이셨고 어머니는 말없이 고개를 돌리셨다.

수술 다음날부터 시작된 재활훈련은 듣던 대로 쉽지 않았다. 주위에 운동선수가 있다면 한번 물어보라. 아마 제일 힘들고 하기 싫은 훈련이 재활훈련이라는 데 공감할 것이다. 약해진 근육을 강화시키기 위해 끊임없이 같은 동작을 반복하고 그때마다 다친 부위 근육이든 반대 근육이든 고통에 비명을 질러대는 상황이 계속되다 보면 제풀에 지쳐 의욕이고 뭐고 사라지고 만다.

하지만 내가 좋아하는 축구, 내가 소망하는 꿈을 이루기 위해서는 이를 악물고 견뎌내야 했다. 묵묵히 재활훈련용 자전거 페달을 돌리며 모든 일이 다 잘될 것이라는 막연한 희망에 매달려 땀을 흘리는 수밖에 없었다.

어려운 시기에 큰 도움이 됐던 사람은 PSV 에인트호번에서 2년 반 동안 함께 살을 맞대고 산 이영표 형이었다. 만리타향에서 말이 통하는 사람이 있다는 사실만도 기쁜데 같은 팀에 한국 선수가, 그것도 오랫동안 대표팀에서 함께한 선배가 있다는 것은 그야말로 행운이었다.

영표 형은 너무도 성실하고 의지력이 강한 스타일이어서 여러모로 나에게 많은 힘이 된다.

잉글랜드 프리미어리그의 토튼햄에 소속되어 있는데 그곳에서도 대단한 선수로 기억될 게 틀림없다. 이제는 세계적인 왼쪽 사이드백의 위치를 확고히 한 형에게 파이팅을 외치고 싶다.

소리 내어
울 수는 없었다 ──────

무사히 수술을 마쳤지만 부상보다 더 큰 장벽이 내 앞에 도사리고 있을 줄은 전혀 예상하지 못했다. 부상만 회복되면 만사 OK일 줄 알았던 나는 하루빨리 재활훈련을 끝내고 그라운드에 서고 싶은 마음뿐이었다.

막상 6주일 만에 팀에 돌아가 경기에 출전하자 웬일인지 컨디션이 살아나지 않았다. 당시 PSV 에인트호번 양쪽 날개는 아르옌 로벤과 데니스 롬메달이었다. 두 선수 모두 엄청난 스피드와 드리블 능력을 갖춘 최고 수준의 윙 플레이어였다.

그들과의 포지션 경쟁에서 이기는 것부터 쉬운 일이 아니었다. 그들에 비해 내가 뛰어난 점이 있다면 공간을 활용하는 능력과 순간적인 패스 플레이 정도인데 컨디션이 좋지 않으니 제대로 능력을 발휘할 수 없었다.

등 뒤에 선 수비수를 제치고 나가는 것도 쉽지 않았다. 내가 안쪽으로 돌면 속을 것 같아 그렇게 하면 수비수들은 이상하리만치 정확하게 예측하고 내 앞길을 막아섰다. 자연히 패스 미스가 잦아졌고 동료들로부터 신뢰받지 못한다는 느낌이 들었다.

이런 일이 계속되자 자신감마저 점점 사라졌다. 악순환이었다. 말로만 듣던 슬럼프에 제대로 발목을 잡힌 것이었다. 슬럼프의 최대 문제는 언제까지 악순환이 계속될지 가늠할 수 없다는 점이다. 악순환의 고리를 스스로 찾아 끊지 않으면 절대 끝나지 않는 것이 슬럼프다.

부상 이후 시작된 나의 슬럼프는 좀처럼 끝날 기미를 보이지 않았다. 2002~2003 시즌이 마감되고 2003~2004 시즌이 시작되었지만 내 경기 모습은 그다지 나아지지 않았다.

프리시즌 매치(Preseason Match : 시즌 전 연습경기)로 참가한 영국 맨체스터 유나이티드컵 대회 토튼햄전에서 헤딩골을 터뜨렸고 한국에서 열린 피스컵대회 MVP로 뽑히기도 했지만 리그에 들어가자 상황이 달라졌다.

네덜란드 측면 수비수들의 빠른 스피드와 일본에서는 겪어보지 못한 심한 몸싸움 등에 대한 대비가 나는 전혀 되어 있지 않았다. 한 경기에서 이제는 풀리려나 싶으면 다음 경기에서는 여지없이 반대로 당했다.

지나고 보니 그런 과정은 소위 유럽 무대에 적응하는 통과의례였던 것 같다. 하지만 당시의 나로서는 만족할 수 없는 내 실력 때문에 경기가 끝나면 항상 방에 틀어박혀 고민에 빠지곤 했다.

'어떻게 하면 잘할 수 있을까. 어떤 방식으로 돌아나가야 수비수에

게 걸리지 않을까. 패스 타이밍은 어떻게 가져가야 할까.'

오전 훈련을 마치면 침대에 누워 온종일 이런 생각만 했다. 네덜란드에서 축구선수로 살아남을 수만 있다면 무슨 일이라도 할 수 있을 것 같은 심정이었다.

나를 더욱 힘들게 한 것은 홈팬들의 야유였다. PSV 에인트호번 홈구장인 필립스 스타디움은 3만5000명 수용 규모의 아담하지만 잘 지어진 경기장이다. 에인트호번 중앙역에서 시내 방향으로 올라가다 보면 마치 UFO가 내려앉은 듯한 모습을 하고 있다.

네덜란드 에레디비지에리그가 벌어지는 주말 저녁이면 네덜란드 전역에서 모여든 팬들이 이곳을 찾는다. 하나같이 수십 년간 PSV 에인트호번을 응원해 온 골수팬들이다. 90% 이상이 수백 유로에 달하는 시즌 티켓을 사서 일년 내내 같은 자리에 앉아 경기를 관전한다.

그런 관중들 앞에서 어정쩡한 경기를 펼치는 선수는 가차 없이 비난의 대상이 된다. 자신이 사랑하는 팀을 망치는 암적 존재인 것이다.

나는 매 경기마다 상대 수비수에게 걸려 넘어지거나 패스 미스를 연발하고 있었다. 내가 생각해도 한심한 경기를 한 적이 한두 번이 아니었으니 팬들이 곱게 보아줄 리 없었다. 경기 중 교체 투입되는 내 이름을 장내 아나운서가 부르면 언제부터인가 "우~!" 하는 야유소리가 필립스 스타디움에 메아리쳤다. 내가 공을 받기만 해도 야유가 터져나왔다.

나는 맞서고 싶었다.

'언젠가 저 야유 소리를 나를 향한 환호로 바꾸어놓겠다.'

나는 죽을힘을 다해 뛰었다. 하지만 단 한 차례의 패스 미스에도 예외없이 터지는 야유에는 기가 질릴 수밖에 없었다.

앞에서도 말했지만 축구는 '실수의 경기'이다. 아무리 뛰어난 축구선수라도 그라운드 위에서는 실수를 하기 마련이다. 만약 완벽한 축구선수가 있어 단 한 번도 실수를 하지 않는다면 한 경기에서 수십 골을 넣어야 할 것이다.

그러나 역사상 그런 예는 없었다. 펠레도, 마라도나도, 요한 크루이프도 헛발질을 하고 골문 밖으로 슈팅을 날렸다. 그것이 축구 경기고 그런 실수를 하지 않는 순간을 포착하는 것이 축구가 진정 재미있는 이유다.

나를 향해 야유를 쏟아붓는 홈팬들에게 일일이 내 상황을 설명할 수는 없는 노릇이었다. 축구선수는 오직 그라운드 위에서의 경기 내용이 모든 것을 대변하는 법. 괴로운 야유의 목소리에서 벗어나는 길은 하루빨리 네덜란드 축구, 더 넓게 유럽 축구에 적응해 제대로 기량을 발휘하는 것뿐이었다.

때로는 라커룸으로 향하는 내 두 눈에 이슬이 맺히기도 했다. 그러나 소리 내어 울 수는 없었다. 내가 울면 성원해 주는 수많은 고국 팬들에게 너무도 미안한 일이었다. 앞으로 나를 사랑해 줄 유럽의 팬들을 스스로 외면하는 일이기도 했다.

에인트호번 팬들의
야유 ———————————

　고난의 세월을 보내고 있을 때쯤 일본의 3개 구단에서 러브콜이 날아들었다. PSV 에인트호번에서의 대우는 보장할 테니 2004년 초부터 일본에서 뛰어달라는 것이었다. PSV 2003~2004 시즌 전반기를 마치고 2004년 1월 터키 전지훈련을 간 히딩크 감독과 프랭크 아르넬센 기술이사가 선수들과 면담을 한 일이 있었다.

　내 차례가 되자 히딩크 감독은 대뜸 J-리그 구단에서의 제의에 대해 이야기했다.

　"지성아 J-리그 3개 구단에서 너를 영입하고 싶다는 제의가 있었다. 하지만 우리는 지금 너를 보낼 시기가 아니라고 생각해 일단 거절 의사를 밝혔다. 이런 사실을 알려줘야 할 것 같아 말하는 거다."

　내 마음은 착잡했다. 가뜩이나 어려운 시기를 보내고 있는 입장에서 순간적으로 '일본으로 돌아가면 좀 편하겠지' 하는 생각이 머리를 스쳤다. 히딩크 감독은 계속해서 이야기했다.

"이미 거절했지만 한번 생각해 보아라. 그러나 넌 아직 포기하고 일본으로 돌아갈 때가 아니다. 틀림없이 PSV 에인트호번에서 성공할 거야. 난 내 눈을 믿고 너를 믿는다."

히딩크 감독의 눈을 바라보며 고개를 끄덕이고 방을 나왔다. 전지훈련에서 돌아와 부모님에게 히딩크 감독으로부터 들은 일본 구단 제의에 대해 말씀드렸다.

에인트호번에 머물면서 부모님은 PSV 에인트호번의 홈경기를 대부분 보러 오셨다. 홈팬들로부터 내가 야유를 받고 있다는 것도 뻔히 알고 계셨다. 정작 그라운드에서 뛰고 있던 나보다 부모님이 더 가슴 아파하셨을 것이다.

나는 나의 부족함으로 인해 그런 고통을 겪지만 부모님은 아들로 인해 겪지 않아도 될 아픔을 묵묵히 참아내고 계셨던 것이다. 그러나 부모님은 자신들의 아픔보다 하나뿐인 아들이 만리타향에서 푸대접을 받으며 선수생활을 하고 있다는 사실이 더 힘드셨던 모양이다. 이렇게까지 아들을 고생시켜 과연 얻는 것이 무엇일까 하고 두 분이 심각하게 고민하던 참이었다. 그러나 정작 내 이야기를 들은 부모님의 반응은 달랐다.

"네가 일본으로 돌아가겠다고 하면 우리는 찬성한다. 네가 여기에 남아 끝까지 해보겠다고 해도 우리는 찬성하겠다"고 말씀하셨다.

나는 아버지께 말씀드렸다.

"전 아직 제 기량을 PSV 에인트호번 팬들에게 보여주지 못했어요. 지금까지 부상과 슬럼프를 겪으며 저의 모습을 제대로 보인 적이 없었던 것 같아요. 일단 최선을 다해보고 싶어요. 내가 가진 기량을 전부 보여주었는데도 팬들이 야유를 하고 그라운드 위에서도 통하지 않는다고 느끼면 그때는 돌아갈 수 있어요. 하지만 지금은 아니에요. 그리고 무엇보다도 난 여기서 성공할 자신이 있어요. 반드시 해낼 수 있다고 생각해요."

내 말을 묵묵히 듣고 있던 아버지는 고개를 끄덕이더니 더 이상 말이 없었다. 우리 가족은 PSV 에인트호번에 남기로 결정한 것이다. 어떤 고난이 앞을 가로막고 있을지라도.

멈추지 않는 도전

퇴출될지 모른다는
강박관념 ──────────────────

슬럼프를 겪으면서 나는 왜 내가 이 지경이 되었는지 곰곰이 되짚어보았다. 하루에도 몇 시간씩 '왜 안 될까' 고민했다. 내가 내린 나름대로의 결론은 이런 것이었다.

내 성격은 낯선 사람이나 환경에 금방 익숙해지지 않는 편이다. 고등학교에서 대학교로 가거나 국내에서 일본으로 진출했을 때도 적응하기까지 상당히 시간이 걸렸다. 매번 환경 변화와 새로운 사람을 사귀는 데 따르는 어려움을 극복하기 위해 적지 않은 노력을 해야 했다.

네덜란드에 진출했을 때도 마찬가지였다. 설상가상으로 부상까지 당했다. 무릎이 계속 아픈데 정확한 이유도 모른 채 낯선 환경에 적응해야 했다. 더구나 무엇인가 보여주지 않으면 퇴출될지 모른다는 강박관념에 휩싸여 그라운드에 서야 했다.

정신적으로나 육체적으로 스트레스가 쌓이는 상황이 계속되다 보니 경기 중에 판단을 내리는 것이 한 템포씩 늦어졌다. 머리는 따라가는데 몸이 따라주지 못하는 경우도 많았다.

내가 팀 경기의 리듬을 깨는 것은 개인만의 문제가 아니었다. 나에게 패스를 하면 전체적으로 팀 공격이 풀리지 않았다. 동료들은 나에게 패스하기를 꺼렸다. 패스를 못 받는 나는 하릴없이 그라운드만 뛰어다니는 꼴이 되었고 그럴수록 자신감은 더욱 없어졌다. 정신적으로 위축되고 경기 내용이 나빠지는 악순환이 되풀이되고 있었다.

이같은 과정은 수술 전까지 오랫동안 반복되었다. 수술과 재활훈련을 거쳐 그라운드에 돌아오고 나서도 움츠러들 대로 움츠러든 몸과 마음은 좀처럼 극복되지 않았다.

심지어 동료들과 팬들이 '저 선수는 어떻게 저 실력으로 여기까지 왔을까'라고 생각하고 있는 것처럼 느껴지기까지 했다. 자격지심일지도 몰랐다. 이런 생각은 어떤 사람에게든 치명적인 독약이 된다. 아무 일도 제대로 할 수 없는 지경에 이르게 되기 때문이다.

슬럼프의 원인을 찾았지만 극복하기란 쉽지 않았다. 자신감은 가지고 싶다고 해서 생기는 것이 아니다. 계기가 있어야 하고 그것을 발판 삼아 조금씩 생기기 시작하는 자신감을 부풀릴 기회를 엿보아야 한다. 그렇기 때문에 한번 위축된 선수가 제자리를 찾기까지 꽤 긴 시간이 필요한 것이다.

나 또한 한 발자국씩 잃어버린 자신감을 회복해 나가는 방법밖에 없었다. 히딩크 감독은 홈구장에서 야유를 받는 나를 배려해 홈경기에는 되도록 내보내지 않고 대신 원정 경기에는 자주 선발이나 교체 요원으로 뛰게 해주었다.

그때부터 해법이 보이기 시작했다. 슬럼프의 늪에서 허우적대고 있었지만 내용이 괜찮은 경기가 있었다. 나는 그 기억들을 머릿속에 차곡차곡 모아나갔다.

'아, 그때는 이렇게 하니까 통했지'라거나 '이런 기분을 유지하니까 좋은 경기가 나왔

PSV 에인트호번 필립스 스타디움의 식당 여종업원이
내가 표지로 나온 PSV 소식지를 들고 웃고 있다.

어' 등 작아진 자신감에 영양분이 될 만한 경험을 수집해 구멍 난 곳을 메우듯 채워나갔다.

쉽지 않은 작업이었다. 한번 잘했다고 생각되면 다음 두세 경기는 마음에 들지 않았다. 하지만 스스로 포기하면 모든 것이 끝이었다. 그렇게 끝낼 수는 없었다. 내 마음을 다스릴 수 있어야 내 발 앞에 놓인 공도 마음대로 찰 수 있고 상대편을 이길 수 있다고 생각했다.

'두 발 뒤로 밀려나더라도 다시 한 발씩 앞으로 전진한다!'

이것만이 내가 살아남는 길이었다.

머릿속으로는 잃어버린 자신감을 짜맞추며 다른 한편으로는 훈련장에서 잃어버린 베스트 컨디션의 느낌을 찾으려고 땀을 쏟으며 꼬박 1년을 보냈다. 그동안에도 필립스 스타디움에서는 여전히 나를 향한 팬들의 야유가 빗발치고 있었다.

'도대체 왜 내가 여기 있나?'

당장 경기장을 박차고 나가고 싶은 적도 한두 번이 아니었다.

2004년이 되었다. 1월 말까지 이어진 겨울 휴식기를 마칠 무렵 서서히 본래의 컨디션이 돌아오기 시작함을 느꼈다. 한동안 경기를 쉬며 PSV 에인트호번 팬들로부터 멀어져 있었던 것도 자신감 회복에 도움이 되었다.

난 훈련이 끝나고 집으로 돌아오는 길 아파트 지하 주차장의 철문이 열릴 때마다 이런 생각을 하며 견뎌냈다. '난 축구 감옥에 갇혀 있다. 내가 슬럼프에서 벗어나지 못하는 한 이 감옥의 문이 열리지 않을 것이다. 나의 진정한 자유는 이 감옥이 기쁨의 축제장으로 바뀌는 날이다'라고.

다시 리그가 시작되자 느낌이 달랐다. 그라운드에서 상대 수비수를 맞닥뜨려도 겁나지 않았다. 내가 마음먹은 대로 경기가 풀리기 시작했다. 내 페인트모션에 상대 수비수들이 쓰러졌다. 슈팅을 날리면 골문을 향해 제대로 날아갔다. 패스 타이밍과 강도도 점차 예전의 내 모습대로 돌아왔다.

그라운드 위에서 내 움직임이 살아나자 나를 시험하던 동료들도 조금씩 믿기 시작했다는 느낌이 왔다. 모든 것이 정상으로 되돌아오기 시작한 것이다.

'아, 이제 마음먹은 대로 되겠다. 네덜란드에서도 통할 수 있다.'

마침내 2월 28일, 완전한 자신감이 나를 찾아왔다. UEFA컵 16강전 이탈리아 페루지아와의 원정 경기에서였다. 경기 결과는 0 대 0이었다. 하지만 나로서는 1년여 만에 내가 하고 싶은 대로 해본 첫 경기였다.

이제 시작이었다. 나의 유럽 무대 도전은 그때부터였다.

짧지만 많은 것을
느낀 병영 체험 ─────────────

한국에서 태어난 남자라면 누구나 다녀와야 하는 곳, 바로 군대다. 나는 월드컵 16강 진출 덕에 병역 특례를 받았다. 감사하게도 4주일 간의 입영 훈련만으로 국방 의무를 다할 수 있게 되었다.

정말 큰 혜택이었다. 운동선수로서 병역 특례만큼 고마운 혜택도 없을 것이다. 대한민국 남자라면 누구나 자기 일을 중단한 채 2년 넘게 국방 의무를 다하는 것이 힘들고 어려운 일일 것이다. 하지만 젊은 시절 한때로 인생을 결정해야 하는 운동선수에게는 특히 소중한 시간이 병영 기간이다.

나는 2003년 6월, 경기도 가평에서 병영 입소 훈련을 마쳤다. 4주일이라는 짧은 시간이었지만 군대라는 또 다른 사회를 접할 수 있는 색다른 시간이었다. 나에게 주어진 혜택이 얼마나 귀중한 것이며 이에 대해 보답하기 위해 얼마나 노력해야 하는지 깨닫게 해준 경험이

2003년 6월 경기도 가평 맹호부대에서 병영 입소 훈련을 마치고 퇴소식을 하고 있다.

기도 했다.

일반인의 경우에는 군에 입대하면 아무래도 육체적으로 가장 힘들 것이다. 평소 잘 쓰지 않던 근육을 강도 높은 훈련을 통해 단련해야 하고 숨이 차도록 구보도 해야 하니까. 하지만 늘 뛰고 달렸던 나에게는 군에서의 훈련이 그다지 힘겹지 않았다.

다만 정신적으로 사회와 단절되어 있다는 느낌과 엄격한 규칙 등이 조금 힘들었다. 이런저런 규칙과 선후배 관계 등은 학창 시절 축구부에서 생활하며 많이 겪었던 일이지만 군대는 그곳만의 특별한 분위기가 있었다.

감사하게도 입소 훈련 중 여러 가지 혜택을 받았다. 2002년 월드컵이 끝난 지 1년 정도밖에 안 된 시점이었기 때문에 부대 안의 많은 분들이 여러 가지로 배려해 주신 덕분이다. 전투화를 신으면 혹시라도 발에 무리가 갈 수 있다며 운동화를 신고 훈련받게 해주는 등 다른 훈련병들은 꿈도 꾸기 어려운 특권을 누렸다. 사격 훈련에 나가서는 처음으로 총을 쏘아보았는데 운이 좋았는지 제일 좋은 점수를 받아 사격왕이 되기도 했다.

함께 내무반을 쓰던 훈련병들과도 즐겁게 지냈다. 처음에는 '축구 선수 박지성'에 대해 궁금해했지만 4주일 지날 때쯤에는 한 사람의 동료로, 같이 훈련을 받은 훈련병으로 살갑게 대해주었다.

그곳에서 우연히 초등학교 시절 축구를 함께했던 친구도 만났다. 우리 학교가 부산으로 전지훈련을 가면 항상 머물던 학교에서 축구를 했던 친구였다. 세월이 흘러 코흘리개였던 우리들도 어른이 된 탓에 금방 얼굴을 알아보지는 못했다. 입소한 지 얼마 지나지 않아 그 친구가 어린 시절 공을 쫓던 추억거리들을 이야기해 서로의 기억을 되살릴 수 있었다.

그렇게 4주일은 빠르게 흘러갔다. 2년 넘게 최전방에서 혹한을 이기며 나라를 지키는 분들은 '병역 입소 훈련 4주일 한 것 가지고 군대 갔다 왔다고 할 수 있나!'라고 말할 것이다.

맞는 말이다. 하지만 내가 입소 훈련조차 받지 않았다면 그런 분들의 마음을 이해하지도, 이해할 수도 없었을 것이다. 그분들이 나에게 그렇게 말할 충분한 자격이 있다는 것을, 나는 그만큼 큰 혜택을 받았다는 것을.

나라에서 받은 혜택만큼 나도 나라에 보탬이 되는 무엇인가 해야 한다는 생각을 늘 하고 있다. 국가대표팀의 일원으로 한국의 명예를 드높이는 데 혼신을 불사르는 일. 그것이 내가 가장 잘할 수 있는 일인 만큼 내가 누린 혜택의 몇 곱절로 돌려줄 수 있도록 최선을 다하리라 다짐해 본다.

나를 미워했던
네덜란드 팬들 ─────────────

2005년은 2002년만큼이나 뜨거운 열정과 흥분으로 가득한 한 해였다. PSV 에인트호번이 무려 8시즌 만에 챔피언스리그 본선 16강에 올랐기 때문이다. 그뿐 아니라 AS 모나코, 올림피크 리옹 등 프랑스의 강호들을 꺾고 4강에 진출했다. 그리고 세계적인 명문인 AC 밀란과 한 치 양보 없는 승부를 벌였다.

개인적으로도 나는 AC 밀란과의 4강 2차전에서 골을 터뜨려 챔피언스리그 본선에서 한국인으로서 처음으로 골을 넣은 기록을 남겼다. 기록은 기록일 따름이지만 어쨌든 기분 좋은 일이었다.

4강에서 맞붙은 AC 밀란은 PSV 에인트호번보다 여러모로 전력에서 앞섰다. AC 밀란은 그때나 지금이나 교체 멤버까지 세계적인 스타들이 채우고 있는 팀이다. 반면 PSV 에인트호번은 가능성 있는 젊은 선수들이 많지만 경험이나 명성에서 AC 밀란에 미치지 못하는 것이

멈추지 않는 도전

2003년 피스컵 우승과 MVP를 수상한 후 동료들과 기쁨을 나눴다.
힘든 슬럼프를 이겨내고 되찾은 감동의 순간이었다.

확실했다. 하지만 축구공은 둥글다고 하지 않았던가. 경기를 시작하기도 전에 기죽을 필요는 전혀 없는 것이 축구다.

AC 밀란의 홈구장인 그 유명한 산시로 스타디움에서 벌어진 1차전에서 우리 팀은 정말 최선을 다했다. 전반 막판에 셰브첸코에게 골을 허용한 후에는 동점골을 넣으려는 우리 팀이 오히려 경기를 지배했다. 경기 종료 직전 교체로 들어온 토마손에게 추가 골을 내준 것이 너무나 뼈아팠지만 어쨌든 PSV 에인트호번으로선 해볼 것은 모두 해보고 나온 경기였다.

일주일 후 홈에서 벌어지는 2차전을 앞두고 동료들이나 나는 투지를 불태우고 있었다. 0 대 2로 1차전을 내준 마당에 승부를 뒤집기란 쉽지 않을 듯 보였다. 더욱이 상대는 수비에 관한 한 타의 추종을 불허하는 이탈리아의 명문팀이었다.

그렇다고 물러설 수는 없었다. 최소한 홈에서 벌어지는 경기에서 홈팬들에게 우리의 기백이라도 보여주고 싶었다. 1차전처럼만 한다면 충분히 좋은 경기를 할 수도 있을 것 같았다.

히딩크 감독은 AC 밀란전에서 나와 영표 형의 포지션에 변화를 주었다. 상대팀의 오른쪽 풀백인 카푸가 오버래핑을 깊게 하는 것을 노렸다. 그래서 주로 오른쪽 윙 포워드로 뛰던 나를 왼쪽에 세운 후 수비 시에는 카푸를 막는 대신 수비형 미드필더인 피를로를 마크하도록 했다.

카푸를 막는 것은 영표 형이었다. 평소보다 훨씬 전진 수비를 펼쳐 노장인 카푸에게 체력적인 부담을 주자는 작전이었다. 자연스럽게 포지션은 윙 포워드라기보다는 새도 스트라이커에 가까워졌다.

작전 덕분인지 2차전이 시작된 지 9분 만에 내가 골을 터뜨렸다. 페널티 에어리어 안에서 최전방 스트라이커인 얀이 스탐과 볼을 다투는 사이 내가 뛰어들며 찼던 왼발 슛이 골문을 갈랐다.

1차전에서 0 대 2로 패했던 우리에게 무엇보다 필요했던 것이 전반 초반 득점이었는데 그것을 내가 해낸 것이었다. 순간 '이길 수 있겠다'는 생각이 들었다.

나는 AC 밀란의 골문 뒤편에 있던 PSV 에인트호번 서포터들을 향해 당장 일어나 응원하라는 손짓을 보내는 세리머니를 했다. 반응은 폭발적이었다. 나를 향한 야유만이 빗발쳤던 필립스 스타디움 안에는 나를 위한 환호가 가득 찼고 승리를 향한 열정이 넘쳐흘렀다.

경기 결과 우리는 3 대 1로 2차전을 이기고도 원정 다득점 우선 원칙에 밀려 결승 진출에 실패했다. 그러나 AC 밀란과의 4강전은 내가 축구를 시작한 이후 가장 열정적으로 그라운드를 뛰며 환희를 맛본 경기 중 하나였다.

무엇보다 1년여 전과는 완전히 달라진 PSV 에인트호번 팬들의 애정을 느낄 수 있어 기뻤다. 어떻게 보면 정말 모순적인 태도였지만 팬들이 부르는 '지숭 빠르크를 위한 노래'가 이제는 한없이 위축되었던 스스로를 이겨냈다는 개선 행진곡처럼 들렸다.

한때 나를 미워했던 팬들을 탓할 수는 없다. 내 경기 모습이 나빴다. 슬럼프였고 어려웠다. 하지만 나는 늪처럼 내 발목을 잡아끌던 슬럼프를 떨쳐냈고 일어섰다. 또다시 내가 꿈꾸던 것을 이루기 위해 달려갈 수 있게 되었다.

누구나 넘어질 수 있다. 그러나 넘어진 모든 사람이 다시 일어설 수 있는 것은 아니다. 넘어졌지만 일어서기 위해 노력해야 한다. 아직 목표 지점은 저 멀리 있지만 다시 달리기 시작했다는 사실만으로도 충분히 행복했다.

2006년
아드보카트호 ─────────────

2002년 한일 월드컵 이후 한국 축구는 여러 가지 일을 겪었다. 국민들의 기대가 높아진 만큼 대표팀 경기가 기대에 미치지 못했을 때 쏟아지는 비판과 실망의 강도도 높아졌다. 때로는 가혹하다 싶은 때도 있었지만 열렬히 응원해 준 국민들의 힘이 얼마나 컸던가를 떠올린다면 사랑 어린 비난 정도는 충분히 감내하고 이겨나가는 것이 당연했다.

국가대표팀은 코엘류, 본 프레레 감독을 거쳐 아드보카트 감독이 부임한 뒤 많이 달라졌다. 물론 앞의 두 감독들도 실력 있는 분들임은 두말할 것도 없다. 아드보카트 감독은 한국 축구 전체가 위기의식에 빠져 있을 때 사령탑을 맡아 오히려 그것을 역이용해 팀을 제 위치로 돌려놓았던 분이다.

이런 면모로 미루어 나는 아드보카트 감독이 월드컵에서 좋은 성

좌 | 2005년 10월 선수들에게 자신감을 회복시켜 준 아드보카트
호 합류.
우 | 세르비아 몬테네그로와 평가전 후 마테야 케즈만과 옷을 바
꿔 입고 있다.

적을 거두지는 못했지만 훌륭한 지도자라고 생각한다. 유럽에서 뛰고
있어 '아드보카트호'에 합류해 훈련한 시간은 짧았지만 멀리서나마
나는 대표팀이 변해가고 있음을 분명히 느낄 수 있었다.

특히 맨체스터에서 접하는 소식을 통해 나보다 어린 선수들의 기
량과 자신감이 하루가 다르게 자라나고 있음을 확인할 때마다 너무
나 기뻤다. 후배들이 나날이 발전해 월드컵을 이미 경험한 선배들과
함께 조화를 이룬다면 한국은 독일 월드컵에서 다시 한 번 좋은 성적
을 낼 수 있으리라고 믿는다.

나는 독일 월드컵에서의 목표를 어느 정도로 잡고 있느냐는 질문
을 받은 적이 있다.

"어떤 대회에 나가건 목표는 당연히 우승이 되어야 합니다."

내 대답에 상대편에서는 어이없다는 듯한 반응이 이어졌다. 나도
월드컵에서 우승하기가 얼마나 어려운지 누구보다 잘 알고 있었다. 또
한국이 월드컵에서 우승할 확률이 높지 않다는 것도 모르지 않았다.

그러나 대회에 나서기 전부터 포기할 필요가 있을까. 우승이라는 꿈을 향해 매 경기마다 최선을 다해야 한다는 것이 내 생각이다. 그 꿈이 이루어지는 때가 앞으로 8년 후가 될지 80년 후가 될지는 아무도 모른다.

분명한 것은 한국이 우승하는 날이 반드시 오리라는 긍정적인 생각과 우승을 이루기 위해 치밀하게 준비하고 계획하는 자세이다. 조별 리그 통과가 월드컵 우승보다 어쩌면 더 힘들다는 감독들의 말처럼 리그전은 팀의 실력을 거의 그대로 반영한다.

일단 16강에 오르기만 하면 그다음부터는 토너먼트 시스템이기 때문에 아무도 승부를 쉽사리 예측할 수 없다. 어느 정도 팀 전력의 우열이 있겠지만 단판 승부와 축구라는 스포츠 특성상 어떤 일도 일어날 수 있다는 것이 내 생각이다.

그렇다면 16강전 이후부터는 어느 팀이 얼마나 승리에 대한 열망을 가지고 있느냐가 승부를 좌우할 가능성이 크다. 우리는 이미 월드컵 4강 신화를 이루었다. 한반도 전체에 가득했던 열기와 함성이 언젠가 다시 한번 일어난다면 원정 경기라는 큰 장애 요소에도 불구하고 훌륭한 성적을 낼 수 있다고 확신한다.

선수로 그라운드를 뛰는 내 뒤를 4천700만 국민의 열망이 받치고 있다면 얼마나 든든하겠는가. 중요한 것은 꿈을 이루겠다는 강한 의지와 최선을 다하는 투지, 승리를 향한 열정이다.

유소년 가르치는 일
하고 싶어 —————————

아직 갈 길이 더 많이 남은 사람으로서 책을 쓴다는 것이 쑥스럽기도 했지만 짧은 내 삶을 돌아보는 계기가 되어 즐거웠다.

처음 올림픽 대표팀에 선발되었을 때 정말 기뻤다. 어릴 적 소원이었던 태극마크를 달았다는 사실이 뿌듯했다. 다시 제대로 된 국가대표가 되고 싶었고 그 꿈을 이루었을 때는 TV를 통해 보던 선배들과 함께 훈련하고 경기장에 설 수 있어 행복했다.

내가 그랬듯이 나보다 어린 후배들이 TV를 통해 나를 보고 꿈을 키울 것이라는 기대가 나를 보람되게 했다. 유럽 진출을 이루고 다시 최고 팀인 영국 맨체스터 유나이티드에 입단하면서 또 한 번 행복감을 느꼈다.

나는 누구보다 행운아인 것 같다. 내가 사랑하는 축구로 팬들을 즐겁게 할 수 있으니까. 그러나 그것이 전부는 아니라고 생각한다. 축구

2004년 홍명보 장학재단 자선 축구경기서 산타 복장을 하고.
나도 언젠가 내 이름으로 장학재단을 설립해 유소년 축구 발전에 도움을 주고 싶다.

선수로서 꿈꾸는 선수가 되기 위해서는 아직 가야 할 길이 멀다.

팬과 동료들이 언제나 신뢰할 수 있는 선수가 되고 싶다. 내가 경기
장에 있다는 사실 하나만으로도 팀 전체가 안정감을 가질 수 있는 선
수가 되고 싶다. 화려한 플레이, 수많은 골, 멋진 어시스트 다 좋다. 그

멈추지 않는 도전

것이 축구의 묘미일 것이다. 하지만 선수로서 내가 제일 중요하게 생각하는 것은 신뢰다. 나와 팬, 나와 동료, 나와 코칭스태프 간의 신뢰. 그리고 언제나 스스로 최선을 다했다고 인정할 수 있는 선수가 되는 것이 내 꿈이다.

나도 언젠가 축구선수를 그만둘 날이 올 것이다. 아직 먼 훗날의 이야기라 구체적으로 생각해 본 적은 없지만 틀림없이 나에게도 은퇴하는 날이 있을 것이다.

무엇을 할지는 앞으로 남은 시간 동안 천천히 생각해 봐야 한다. 많은 시간이 남은 만큼 자주 바뀔 것도 같다. 지금 생각으로는 축구에 관련된 일을 한다면 유소년을 가르치는 일을 하고 싶다.

한국 축구가 진정한 세계적인 강자가 되기 위해 반드시 필요한 부분이 유소년 선수 육성이다. 유럽에서 선수 생활을 하며 뼈저리게 느낀 부분도 어린 시절 좀 더 많은 것을 제대로 배웠으면 하는 것이었다. 어린 선수들과 함께 뛰며 성장을 지켜보는 것은 정말 행복한 일이 될 것 같다. 제대로 된 시설에서 제대로 된 교본을 가지고 제대로 유소년 선수들을 가르치고 싶다.

맨체스터 유나이티드로 이적하면서 나는 히딩크 감독이 운영하는 '히딩크 재단'에 이적료 가운데 상당 부분을 기부했다. 앞으로도 기회가 되면 선수 생활을 하는 도중에라도 유소년 축구 발전에 기여할 수 있는 여러 가지 프로그램을 마련하고 적극 참여하고 싶다.

그것이야말로 내가 한국 축구와 한국 축구팬들로부터 받은 사랑과 혜택을 후배들에게 나누어주는 가장 좋은 길이 아닐까 한다. 또한 축구인으로서 평생을 두고 해나가고 싶은 일이기도 하다.

'나 어떡해…'

멈추지 않는 도전

Neverending Challenge

내가 살고 있는 영국 집의 2층에서 찍은 바깥 풍경.
이곳 주택은 같은 모양을 하고 있는 것이 특징이다.
오른쪽 사진은 2층 내 방 모습.

2005년 독일 베를린 올림픽 스타디움에서 나이키가 주최한
월드컵 본선 진출 8개국 공식 유니폼 공개 행사에 참가했다.
왼쪽 위 사진은 독일로 이동 중 비행기 안에서 반 니스텔루이와 나, 아래는 베를린으로 이동하는 버스 안.
오른쪽 위아래 사진은 행사 시작 전후의 모습.

나의 첫돌 사진. 어머니는 용이 승천하는 꿈을 꾸고 나를 낳으셨다고 한다.

위는 취학 전 친구와 수영장에서 포즈. 왼쪽이 나.
왼쪽은 여섯 살 때 자전거를 처음 선물 받은 후,
아래는 유치원 재롱 잔치 때이다. 맨 왼쪽이 나.

위는 세류 초등학교 축구부 친구들과
한껏 포즈를 취했다. 왼쪽부터 세 번째가 나.
왼쪽과 아래 왼쪽 사진은 세류 초등학교(7번 선수)와
수원 공고(흰색 유니폼) 시절 경기 모습.
아래 오른쪽은 친구들 사이에서 가장 작았던 나.
맨 가운데가 내 모습.

위는 2003년 PSV 에인트호번 시절
소아암 병동을 찾아 즐거운 시간을
보내고 있을 때다.
아래는 2005년 수원에 내 이름을 딴
도로 개통식 현장. 맨 왼쪽부터 아버지,
손학규 경기도지사, 나.

2003년 PSV 에인트호번 챔피언스리그 우승 후
영표 형과 우승 세리머니 장면.
왼쪽 위는 네덜란드 팬에게 사인하는 모습,
아래는 '태극 듀오'라 불리던 단짝 영표 형과 벤치에 앉아 있는 모습이다.

2003년 PSV 에인트호번 시절 피스컵 승리 후 동료와 함께. 이때 정말 기뻤다.

위는 2006 칼링컵 결승전 출격 직전으로
나는 이날 선발 출장했다.
왼쪽은 우승 후 관중들과
승리의 기쁨을 나누는 모습이며,
아래는 시상대에 올라 자축하는 장면이다.

A Letter From Mr. Hiddink

Dear Ji Sung

When I first met Ji Sung I saw a young boy who had a lot of possibilities to become a better player, but he wasn't really aware of his own qualities.

On the way to the World Cup, during the preparation period, he was grown up a lot and became more and more confident.

Then he arrived in Eindhoven to join us at PSV. In the beginning he had a difficult time because of the competely new experience in every respect; the country, language, culture and way of training, but it was also difficult because he had been playing non stop for more than 3 years.

He had suffered a small injury in his meniscus, but he didn't mention anything to the technical or medical staff. That's also typically Ji Sung.

No complaining but only hard work and just keep on going. After that time, and after getting several criticisms from outside and inside the club, he became one of the most special and loved players at the club, in the team but also for all the supporters of PSV and the city of Eindhoven.

He left the club as a great player taking with him all the credits for his perfomance and devotion from PSV, his friends and the fans of the club.

I expect Ji Sung to do with his best without any complain as usual.

With best regards
From Guus Hiddink

히딩크로부터 온 편지

지성에게

내가 처음 자네를 만났을 때는 아직 어린 선수였지. 대단한 잠재력을 가지고 있었어. 하지만 자신이 얼마나 우수한 자질을 지녔는지 깨닫지 못하고 있더군. 월드컵을 준비하면서 눈부시게 성장했고 날이 갈수록 자신감에 찬 모습을 보여주었지.

월드컵이 끝나고 네덜란드 PSV 에인트호번에 합류한 자네는 한동안 어려운 시기를 보냈지. 당연한 일이었어. 모든 면에서 완전히 새로운 환경이었으니까. 낯선 나라에 알지 못하는 언어, 생소한 문화, 몸에 배지 않은 훈련방식….

무엇보다 3년 이상 쉬지 않고 경기를 해온 탓에 몸에 무리가 간 것이 자네를 더욱 힘들게 했지. 오른쪽 무릎 부상으로 고통당하면서도 기술진이나 의료진에게 아프다는 말도 하지 않았어. 역시 박지성다운 행동이었다고 할까. 묵묵히, 아무런 불평 없이 최선을 다해 뛰고 또 뛰는 것 말이야.

클럽 안팎에서 들려오는 자네에 대한 불만의 소리들도 적지 않았어. 하지만 자네는 해냈어. 시련의 시기를 견뎌내고 마침내 PSV에서 가장 특별한 선수, 가장 사랑받는 선수 가운데 하나로 우뚝 섰어. PSV 서포터들과 에인트호번 시민들도 열광했지.

자네가 세계적인 스타 플레이어가 되어 PSV를 떠날 때, 팀의 동료들과 팬들은 그동안 온몸을 던져 보여준 투혼과 헌신에 뜨거운 신뢰와 박수를 아끼지 않았네.

앞으로도 묵묵히 아무런 불평 없이 최선을 다해 뛰는 그 박지성을 기대하겠네.

히딩크로부터

멈추지 않는 도전

Neverending Challenge

1판 46쇄 발행 2018년 6월 22일
2판 2쇄 발행 2023년 11월 16일

지은이 박지성

발행인 양원석
디자인 김유진 **영업마케팅** 양정길, 윤송, 김지현
사진 변종광, 연합뉴스, 일간스포츠, 뉴시스
펴낸 곳 ㈜알에이치코리아
주소 서울시 금천구 가산디지털2로 53, 20층 (가산동, 한라시그마밸리)
편집문의 02-6443-8842 **도서문의** 02-6443-8800
홈페이지 http://rhk.co.kr
등록 2004년 1월 15일 제2-3726호

ISBN 978-89-255-7800-2 (03810)

Special thanks : 박성종, 장명자, 이철호, 전용준, 추연구, 김정일 님께 감사드립니다.